No perdamos también

el siglo XXI

Carlos Alberto Montaner

NO PERDAMOS TAMBIÉN EL SIGLO XXI

PLAZA & JANES

Diseño de la portada: Judit Commeleran

Primera edición U.S.A.: Abril, 1997

© 1997, Carlos Alberto Montaner
Editado por Plaza & Janés Editores, S.A.
Enric Granados, 86-88. 08008 Barcelona

Printed in México - Impreso en México.
Distributed by B.D.D.

ISBN: 0-553-06067-8

A Hernán Echavarría Olózaga,
que batalló como nadie
para que no perdiéramos
este siglo que se nos acaba
con bastante pena y
muy poca gloria

ÍNDICE

NOTA PREVIA

No perdamos también el siglo XXI en cierta forma es un libro «provocado». En efecto, hace algún tiempo la publicación del *Manual del perfecto idiota latinoamericano* —escrito por el autor de este libro junto a Plinio Apuleyo Mendoza y Álvaro Vargas Llosa— se convirtió en un éxito editorial sin precedente en el campo de la literatura política en todo el ámbito de la lengua española —desde Argentina hasta México, y luego en España— pero, simultáneamente, desató una extensa polémica en la que los detractores del libro una y otra vez manifestaban la misma queja en forma de pregunta: ¿cuál era la alternativa para Iberoamérica? Hemos fracasado en el camino del desarrollo y de la modernidad, pero cómo, por qué, y qué se podía hacer para corregir este desastroso destino *tercermundista*.

No perdamos también el siglo XXI intenta formular las respuestas apropiadas, aclarar las dudas y proponer vías para que los iberoamericanos alcancen y conserven niveles de prosperidad de Primer Mundo. Es pues, un libro constructivo, incluso didáctico, que aborda el tema del desarrollo desde diversas perspectivas: la historia, la sicología, la política, la economía y hasta la biología. Si el *Manual* fue un diagnóstico doloroso, este libro, en cambio, pretende ser la terapia adecuada.

I

VIEJO Y NUEVO PENSAMIENTO EN IBEROAMÉRICA

Recuerdo haberle escuchado a Peter Berger, el brillante sociólogo de la Boston University, una deliciosa anécdota que revela el grado de interdependencia del mundo en que vivimos. Berger es un hombre de regular tamaño, ligeramente grueso, y con la cabeza insolentemente afeitada. Berger, especialista en las relaciones entre la cultura y el desarrollo, viaja mucho a lugares extraños, y en uno de esos excéntricos periplos acabó medio perdido en un alejado villorrio, no recuerdo si de Etiopía o de Kenia. En todo caso, era un lugar remoto del Tercer Mundo, en el que el tiempo parecía haberse detenido, y de pronto, como salido de la nada, apareció un chiquillo medio desnudo que se le quedó mirando, se echó a reír, y para llamar a los otros miembros del grupo comenzó a gritar, «¡Kojack, Kojack!». «En ese momento —me contó Berger con una carcajada— entendí plenamente lo que era la "aldea global" que suelen mencionar los periodistas y comunicadores.»

La aldea global

Bien, no tendría sentido dedicar demasiado esfuerzo a reiterar una convicción en la que casi todos coincidimos. Es absolutamente cierto que vivimos en un mundo al que la comunicación cada día va haciendo más familiar y conocido. Pero, en cambio, sí vale la pena explorar algunas consecuencias menos obvias de este fenómeno, puesto que de ahí deberían extraerse ciertas conclusiones que acaso afecten nuestro comportamiento.

La primera observación tiene que ver con los roles de Berger y del muchacho que lo confundió con Kojack. Berger es un humanista del Primer Mundo, culto y próspero —tan próspero como la sociedad norteamericana le permite ser a un intelectual—, que viajaba a África no sé si por vacaciones o por intereses profesionales, pero —en cualquier caso— era alguien con recursos suficientes como para costearse esa aventura. El niño, por su parte, era una pobre criatura analfabeta y mal alimentada que difícilmente conseguirá mejorar su nivel de vida de modo sustancial a lo largo de una existencia precaria, pastosa y miserable, que acaso transcurrirá íntegramente dentro de un radio de acción de cincuenta kilómetros cuadrados. Los dos conviven en la misma aldea global, los dos comparten ciertas señas de identidad y ciertos códigos, pero sólo a uno de ellos le es dable viajar, alimentarse y vestirse bien, curarse las enfermedades, y desarrollar un modo de vida rico y razonablemente agradable. Pero lo más frustrante de esta situación ni siquiera radica en las diferencias entre las formas de vida de uno y otro, sino en que el niño, si tiene una inteligencia normal, seguramente habrá asimilado los comportamientos del Primer Mundo como su paradigma particular. Y de ahí, de esa inevitable comparación, le vendrá la ominosa certeza de su pobreza. No exactamente de la calva gloriosa de Kojack, sino de los rascacielos que sabe que existen, de los yates que incesantemente atracan en la televisión o en los periódicos, de ese universo refulgente de metacrilato y aluminio, de Jumbos y emparedados, de Internet y Hollywood, que siempre está en otra parte, porque para los pobres de este valle de lágrimas el Primer Mundo es una realidad virtual, es la imagen de algo tan inasible que parece una expresión de la fantasía, lo que no impide que se convierta en un modelo, pero un modelo más para anhelar sin esperanzas que para emular exitosamente.

¿Cómo es el modo de vida que le sirve de paradigma a eso a lo que llamamos Tercer Mundo? Evidentemente, en el Tercer Mundo ansían un tipo de sociedad en la que abunden los bienes de consumo y los servicios. Un tipo de sociedad, además, empeñada en que ambas cosas —bienes y servicios— crezcan constantemente en calidad y cantidad, fenómeno al que suele calificarse como «progreso». Por más vueltas que se le dé a la definición, progresar es tener cada vez más objetos y disponer con frecuencia creciente de servicios más placenteros. Progresar es aumentar la velocidad de nuestros desplazamientos, o del desplazamiento de nuestra voz e imagen. Progresar es multiplicar los saberes. Es disponer de más vías de esparcimiento. Es extender el número de las viviendas o el perímetro que ocupan. Y así hasta el infinito, pues la idea del «progreso» carece de límites. No es algo a lo que se *llega*, sino un proceso en el que se *está*, como suele subrayar inteligentemente Mariano Grondona. Y se está de una manera irrevocable, porque *ése*, progresar, es el objetivo de nuestra convivencia social desde el Renacimiento, o —si se quiere— desde la Ilustración forjada en el occidente de Europa en el siglo XVIII.

Naturalmente, es posible que alguien pueda tachar estas palabras de groseramente materialistas, pero estaría incurriendo en un grave error. No estoy *prescribiendo* un modo de comportamiento, sino estoy *describiendo* algo que ocurre de forma inocultable. Desde hace varios siglos, precisamente desde que se aceleró la formación de la aldea global y el *modus vivendi* de Europa se generalizó en el resto del planeta, el progreso se convirtió en el *leit motiv* de la humanidad, y ese progreso comenzó a medirse en el terreno mundano de las cosas y las satisfacciones, así como por el número de las personas que, de forma creciente, podía acceder a ellas; progreso —por cierto— que en modo alguno excluye los altos bienes culturales. Una orquesta sinfónica, una gran pinacoteca, un parque de recreo —artificial o natural, qué más da— son también objetivos de los pueblos prósperos, y acaso una consecuencia predecible del éxito económico alcanzado por determinadas sociedades. No es, pues, sensato, contemplar el deseo de progreso como un síntoma del materialismo más burdo, dado que sólo los que prosperan económicamente tienen el privilegio de poder sufragar cuanto el espíritu necesita para cultivar las más refinadas ocupaciones.

Por otra parte, los anticonsumistas, los que en nombre de la espiritualidad o de una crónica frugalidad abominan del consumo, los enemigos del esfuerzo constante de las personas por poseer bienes y adquirir servicios, deben entender que con esa actitud contradicen el propósito del progreso y —por lo tanto— dificultan la lucha contra la pobreza. Para los pobres, mucho más que para los poderosos, intuitiva o racionalmente, el objeto de sus desvelos y sueños es producir y atesorar más y más riquezas para consumir más y más bienes y servicios. Eso podrá parecer excesivamente materialista, pero así se comporta el 99 % de la humanidad. El uno restante es ese muy respetable grupo de seres contemplativos que vive dedicado a la oración en los templos budistas o en los conventos cristianos de clausura.

El pensamiento viejo

Creo que a partir de este punto las premisas son más claras: vivimos, en efecto, en una aldea global, aunque en América Latina estemos instalados en el alero más pobre y desguarnecido de ese espacio. Simultáneamente, aceptamos la idea de que la fuerza vital que mantiene en tensión a esta aldea global es la idea del progreso, y somos capaces de admitir que este objetivo no es un destino de llegada, sino la búsqueda de un camino sin final, caracterizado por el acceso a un creciente repertorio de bienes y servicios que le hacen la vida más grata a un número cada vez mayor de personas. Al mismo tiempo, y con cierto fatalismo, también comienza a resultarnos obvio que para poder tener acceso a esos hipotéticos bienes y servicios desplegados frente a nuestros ojos, hay que producir más y mejor, dado que no sería razonable querer disfrutar de automóviles, viajar a París o a Disneyworld, contar con plantas seguras de energía nuclear o con discos de CD-ROM, si no disponemos de recursos para adquirirlos.

¿Cómo se consigue, en suma, este «milagro»? ¿Cómo se puede lograr que el niño de la anécdota narrada logre «progresar» y convertir su polvoriento pueblucho africano en una ciudad parecida al Boston de donde procedía el sabio profesor Berger? ¿Cómo conciliar el paradigma que nos impone la aldea global con la realidad que nos es posible alcanzar? Hasta hace relativamente poco tiempo, hasta finales de la década de los ochenta y principios de la de los noventa, cuando existían la URSS y el bloque del Este, y cuando el marxismo no estaba totalmente desacreditado, esas preguntas se contestaban con argumentos y razonamientos que hoy muy bien pueden calificarse como «pensamiento antiguo». Entonces mucha gente pensaba que la pobreza del Tercer Mundo era una consecuencia de la riqueza que el Primero usufructuaba mediante violencias y presiones de toda índole, atropello que se sumaba a la injusticia estructural del capitalismo, sistema que sólo servía para enriquecer a unos pocos ambiciosos domésticos, quienes, para colmo de villanías, solían aliarse con el extranjero explotador con el objeto de esquilmar sin tregua a los desdichados trabajadores locales.

Durante casi todo el siglo XX, esa manera de diagnosticar el origen de la pobreza del Tercer Mundo, aunque fragmentada en numerosas variantes y con diversos matices de lenguaje, adquirió una total hegemonía en las universidades, en los púlpitos de las iglesias, en las redacciones de los periódicos o en las tribunas electorales. Vivíamos en un mundo de víctimas y victimarios, de explotadores y explotados. Ése era el discurso de los comunistas puros y duros o de los fascistas más o menos embozados, pero también, aunque con sordina y matices, era el discurso de los socialcristianos y socialdemócratas. Unas veces la «doctrina» venía de Marx y otras de

17

Mussolini, mas no faltaba, a trechos, la inspiración estatiza-
dora y antimercado proveniente de una mala lectura de Keynes o de las encíclicas del Vaticano. No había, por tanto, que
ser un guerrillero o un siniestro terrorista para suscribir
esta manera de entender nuestras carencias económicas.
Políticos absolutamente inofensivos, burgueses respetables,
y catedráticos más o menos serenos y prudentes, podían y
solían acogerse a diversas expresiones del populismo estati-
zador de prosapia socialista. Personas que genuinamente
creían en las libertades y en el respeto por los derechos humanos no encontraban ninguna contradicción en entregarse
sin demasiada resistencia a esta forma de interpretar nuestra lamentable realidad económica. Ése era el dogma preva-
leciente.

No es de extrañar, pues, que esa descalificación global de
la economía de mercado —en la que frecuentemente coincidían la izquierda y la derecha, Perón y Castro, Getulio Vargas
y los hermanos Ortega, el PRI mexicano y Alan García, los
economistas de la CEPAL y los teólogos de la Liberación—,
acabara por generar un sinfín de medidas, supuestamente
orientadas a mitigar las injusticias constantes del capitalismo
como sistema de producción o de comercialización nacional
e internacional; medidas todas ellas, de una u otra manera,
arraigadas en la superstición de que resultaba conveniente
aumentar el peso del Estado, asignándole al gobierno —además— una misión rectora de la gestión económica.

Es a esta obsesiva y ubicua visión «antimercado» a lo que
en América Latina hay que atribuirle las costosas e ineficientes estatizaciones de numerosos bienes de producción.
Así se explica el surgimiento de corruptos estados-empresarios, o la redistribución forzada de la tierra mediante refor-
mas agrarias casi siempre realizadas de forma totalmente
contraproducente. Así se entienden las medidas arancelarias
proteccionistas, inevitablemente emboscadas en la coartada
del nacionalismo, que sólo sirvieron para enriquecer a unos

amigos del poder que producían mal y a altísimos precios, generalmente en perjuicio de los consumidores; o la multiplicación de burocracias parásitas dedicadas a la «venta» de granjerías y privilegios que luego se perpetuaban en los diabólicos mecanismos del clientelismo político. Y hasta hay que achacarle la desconfianza en el sistema democrático, pues dentro de ese clima de tenebrosas sospechas frente al capitalismo autóctono y foráneo, dentro de esa mentalidad antimercado, siempre parecía más fácil que el desarrollo de nuestros pueblos llegara de la mano de militares organizados y expeditos, o de revolucionarios iluminados, que como el resultado del trabajo imaginativo y sin trabas de nuestras empresas, coordinado con el liderazgo de políticos libremente seleccionados en las urnas por la sociedad civil, sin otro propósito que el de que se convirtieran en obedientes servidores públicos sujetos a la autoridad suprema de la ley.

Es por eso, entre otras razones, por lo que América Latina se llena de espadones y de guerrilleros: la democracia como sistema político, y la economía de mercado como forma de realizar nuestras transacciones, habían caído en el mayor desprestigio. De ahí que nuestros pueblos vivan con total indiferencia —y hasta con un grado de complicidad— la conculcación de nuestras leyes y constituciones. Sencillamente, la sociedad no percibe que *goza* de un sistema económico y jurídico que se ha dado libremente para su propio beneficio, sino está convencida de que *padece*, de que es víctima de un modo de convivencia ajeno y perjudicial. ¿Cómo extrañarse, pues, de que siempre existan muchedumbres dispuestas a aplaudir a un militar o a un guerrillero decididos a cambiar la suerte del país por medio de la violencia? ¿Qué más nos da, si «la suerte del país», a fin de cuentas, nos ha sido impuesta desde fuera y supuestamente en contra de nuestros intereses?

Indudablemente, en el pensamiento antiguo existía un componente de «ingeniería social» de naturaleza contraria a las creencias democráticas. El dueño de la verdad siempre era un tecnócrata de derechas o de izquierdas, alguien que sabía exactamente lo que había que hacer para lograr la felicidad sobre la tierra y para acercarnos rápidamente a las formas de vida de las naciones más prósperas del planeta. Alguien que conocía con toda precisión lo que había que producir y cómo y para quiénes había que producirlo. El pueblo y las decisiones autónomamente adoptadas por las gentes en defensa de sus propios intereses no parecían existir, y mucho menos ser tomados en cuenta. La libertad no significaba demasiado para casi nadie. Se vivió un espasmo dirigista que ha durado casi todo el siglo y del cual, lamentablemente, no nos hemos librado del todo.

Cómo se hundió el pensamiento viejo

Afortunadamente, a las puertas del siglo XXI el pensamiento antiguo comienza a extinguirse, y tres son las razones de mayor peso que explican convincentemente la forma en que se desacreditaron las ideas económicas, o político-económicas, que han dominado casi toda nuestra centuria.

La primera explicación se deriva del fracaso objetivo de estas recetas para lograr el desarrollo. Cuando terminó la Primera Guerra Mundial —aproximado punto de partida del auge del abanico de ideas socialistas— América Latina, con la excepción de Argentina, *grosso modo* tenía la décima parte del per cápita de Estados Unidos. En aquel entonces, Argentina contaba con el 75 % de la renta per cápita norteamericana. En 1997, los latinoamericanos, como promedio, siguen teniendo esa misma escasa décima parte del per cápita de los estadounidenses, mientras los argentinos hoy sólo alcanzan el 25 %.

Pero más grave aún que esa desalentadora distancia económica resulta la distancia científica y técnica: en 1918, la modernidad era totalmente comprensible y de relativamente

20

fácil adquisición por nuestras elites intelectuales y económicas. Los teléfonos, locomotoras, la incipiente aviación, los motores de combustión o las vacunas de Pasteur, estaban al alcance del entendimiento y del bolsillo de prácticamente todos nuestros pueblos. En 1997, es bastante más complicado llegar a dominar el mundo de la física nuclear, de la ingeniería genética, de la alta cibernética o de la navegación interestelar, por sólo citar cuatro disciplinas punteras. La humanidad desarrollada —para utilizar la fatigada fórmula de Marx— parece haber dado un paso mucho más *cualitativo* que *cuantitativo*.

¿Qué hacíamos en América Latina mientras entre los pueblos prósperos del planeta se llevaba a cabo esta profunda transformación del saber y se multiplicaban los bienes y servicios? Nosotros hacíamos revoluciones. Es decir, ensayábamos «atajos», caminos cortos que siempre partían del supuesto de que había que despojar a alguien de lo que tenía para dárselo a quien no lo tenía. Eso son, con buenas y malas intenciones redistributivas incluidas, las revoluciones mexicana, boliviana, cubana o nicaragüense; eso son el peronismo, el velasquismo de Perú, el torrijismo panameño, el gobierno de Alan García, el «Estado-novo» de Brasil y así sucesivamente. Pero esa forma de entender el desarrollo como una operación aritmética de suma-cero fracasó rotunda e inapelablemente, empobreciendo aún más a nuestros pueblos, provocando muchas veces fenómenos devastadores como la hiperinflación, el desabastecimiento o el desempleo crónico.

La segunda razón que pesó en el abandono de las ideas antiguas fue el hundimiento del socialismo real en la URSS y sus satélites más próximos. En primer término, por la desmoralizante comparación en Europa entre el nivel de vida de las dos Alemanias, o entre lo que sucedía en Austria con relación a lo que podía observarse en Hungría y Checoslovaquia, fragmentos equivalentes del mismo Imperio Austro-húngaro hasta 1918. Mientras los alemanes del oeste y los

austriacos, los capitalistas, alcanzaban niveles de vida perfectamente calificables como opulentos, sus hermanos del este, los comunistas, sometidos a un sistema colectivista, sin propiedad privada y bajo la rígida planificación de los burócratas del Partido Comunista, vivían una vida gris de privaciones y necesidades, en la que, además, ni siquiera se respetaban los derechos humanos más elementales.

Pero si la comparación europea entre los dos sistemas era ejemplarizante, el contraste en Asia resultaba un verdadero escándalo. Las dos Coreas, o el destino de los chinos de Singapur, Hong Kong y Taiwan, cuando se enfrentaba al de los que vivían en la inmensa China, no dejaban espacio a la elección: el capitalismo demostraba ser un sistema infinitamente más eficiente y rápido para crear riquezas y para hacer disminuir los índices de miseria entre las grandes multitudes orientales.

Sin embargo, esa comparación aportaba un dato todavía más significativo para desacreditar totalmente el pensamiento antiguo en América Latina. Al margen de probar que la economía de libre empresa era mucho mejor que la colectivista para desarrollar a los pueblos, el exitoso ejemplo de los llamados «dragones» o «tigres» de Asia ponía de manifiesto que era totalmente posible, en el plazo de veinte o treinta años —período menor que la vida laboral de una persona promedio—, convertir a sociedades atrasadas en naciones del Primer Mundo, abandonando para siempre la miseria y la desesperanza en las que habían vivido. Era posible no sólo dar un salto *cuantitativo* sino también *cualitativo*.

Todo lo que decía el viejo pensamiento era falso. Las «colonias» económicas —y hasta políticas— sí podían desarrollarse. Hong Kong, en el momento en que se instale bajo la soberanía china, tendrá dos mil dólares más per cápita que la propia Gran Bretaña. La famosa «Teoría de la dependencia», simplemente, era disparatada. Corea no tenía que ser permanentemente una pobre nación exportadora de algunos granos, condenada a vivir y producir en la «periferia» del capitalismo. Por el contrario, estaba a su alcance convertirse en un país industrializado capaz de competir con Estados Unidos, Japón y Europa. Un minúsculo Estado como Singapur —sin que nadie intentara evitarlo— podía transformarse en un emporio económico y tecnológico que supera en casi un 80 % a los españoles en riquezas producidas por número de habitantes. Taiwan, que en 1949 tenía un 60 % de analfabetos —analfabetos en chino, desgracia que sólo se supera tras el aprendizaje de varios millares de ideogramas—, que apenas exportaba un poco de arroz, hoy es un país altamente industrializado, con un 92 % de personas escolarizadas, y un nivel de vida no muy lejano del que tienen los griegos y portugueses, países ambos integrados en la muy rica Unión Europea. Ya nadie tenía derecho a la duda: el camino para salir del subdesarrollo, el camino para situarnos en la cima de la aldea global, no es el que predicaban los adeptos del viejo pensamiento, sino el que proclaman los defensores del nuevo. Acerquémonos a esa manera actual de entender los mecanismos económicos.

El pensamiento nuevo

Ante todo, es conveniente advertir una diferencia fundamental entre el viejo y el nuevo pensamiento. El viejo pensamiento era una ideología. Es decir, una idea sobre cómo funcionaba el mundo, y una idea sobre cómo debería funcionar para que los resultados fueran más justos y eficientes. Los socialistas, en todas sus variantes, incluidas las fascistas, *suponían* ciertas cosas. Suponían que la pobreza era el resultado de cómo se relacionaban las personas con la propiedad de los bienes de producción, y suponían —además— que por algún designio poco claro les correspondía a ciertos grupos la tarea de guiar al rebaño en la dirección del paraíso. Una dirección, por cierto, que ellos creían conocer con total claridad.

23

El nuevo pensamiento, en cambio, no es una ideología, sino una lectura de la experiencia. Se ha llegado a él no como un ejercicio abstracto de teorización, como ocurrió con el marxismo, sino por deducciones lógicas. Es la lección que nos trasmite la historia de este siglo XX que está a punto de expirar. Y ¿qué es lo que la historia nos enseña? Varias lecciones, apenas seis, que podemos consignar brevemente:

• Las veinticinco naciones más desarrolladas y estables del planeta son, prácticamente todas, democracias organizadas en torno a la idea de Estados de Derecho. Es decir, democracias regidas por leyes neutrales que afectan a todos los ciudadanos por igual. Estados de Derecho, además, que garantizan la propiedad privada y aportan instituciones sólidas, de manera que el ciclo de «inversiones-producción-beneficios-inversiones» pueda perpetuarse indefinidamente. Donde hay incertidumbre jurídica no hay crecimiento sostenido. Donde no hay democracia y —por lo tanto—, donde no hay maneras previsibles y razonables de trasmitir la autoridad, es muy difícil que la economía avance en forma ascendente. De ahí el intuitivo —o meditado— desplazamiento de Corea o Taiwan hacia fórmulas de gobierno cada vez más democráticas. Si se mantienen dentro del autoritarismo, una ruptura del orden institucional puede hacerlos retroceder brutalmente, liquidando súbitamente lo que tanto esfuerzo y tiempo les ha costado construir.

• El elemento más importante para explicar el desarrollo de los pueblos es el capital humano. El gran esfuerzo hay que hacerlo en instruir y formar ciudadanos, especialmente en las primeras etapas, desde su nacimiento y hasta los dieciséis años, pues es en este período en el que *se hace* la persona. Una persona que, para que sea económicamente eficiente, no sólo debe tener los conocimientos adecuados, sino también debe haber asimilado los valores culturales que propenden al desarrollo. Otra forma lateral de enriquecer a los pueblos es «importando» el capital humano mediante políticas migratorias inteligentes. Con frecuencia, tras cada salto impresionante que realizan ciertas sociedades puede verse el peso de inmigraciones positivas.

• La gran tarea de los gobiernos no es indicarles a los ciudadanos los trabajos que tienen que realizar, sino obedecerlos, poniendo al servicio de la sociedad una administración de calidad, profesional y honorable, que realice sus transacciones mediante operaciones y concursos transparentes. La corrupción tiene un efecto devastador que va más allá del daño estrictamente económico. Además de transferir a la sociedad unos costos ocultos que perjudican al conjunto, la corrupción y la impunidad separan espiritualmente a los ciudadanos del Estado en el que viven. Los alienan.

• La primera responsabilidad administrativa de los gobiernos no es producir bienes y servicios, sino mantener estables los equilibrios macroeconómicos: una fiscalidad no deficitaria, estricto control del gasto público y una moneda sana libremente convertible. De la combinación de estos tres elementos suele derivarse la ausencia de inflación, uno de los peores flagelos de cuantos afectan a los pueblos. Es muy importante que el Estado haga pocas cosas, pero las que haga tiene que hacerlas bien. Y entre sus tareas básicas e irrenunciables está el mantenimiento del orden y la administración de justicia. Esto último —el poder judicial— tiene que ser justo, rápido y totalmente independiente de los otros poderes o de los económicamente fuertes.

• Corresponde al gobierno —y a la sociedad ordenárselo— establecer reglas justas para que la competencia funcione libremente dentro de las fronteras del país y con relación al exterior. Es fundamental abrirse a las inversiones, al comercio y —en definitiva— a la competencia externa. Donde no hay competencia los precios se distorsionan y la calidad decae. La libre competencia, en suma, es el elemento que permite la superación constante de la oferta de bienes y servicios y el aumento incesante de la competitividad.

Si se suprime u obstaculiza severamente, sobreviene el empobrecimiento general.

• Tiene que generarse una cierta armonía entre el gobierno, las empresas y los centros de enseñanza para que el conocimiento y los esfuerzos mancomunados fluyan en la dirección adecuada. Es vital la concertación general de la sociedad. En América Latina siempre se tiene la terrible sensación de que cada institución, grupo o estamento social se percibe como una isla adversaria del resto, y no como la parte de un proyecto común.

¿Eso es todo? ¿No hay más secretos en el pensamiento nuevo que expliquen el «milagro» fulminante de los pueblos exitosos? Sí los hay, y algo más adelante les dedicaremos un capítulo —la emulación del líder y el factor helénico—, pero al margen de ese elemento histórico, de lo que se trata no es de decirles a las personas lo que tienen que hacer, sino de liberar su capacidad creativa, forjando las condiciones para que esa libertad rinda sus frutos de la manera más adecuada posible. De lo que se trata es de invertir las relaciones de poder, para que sea el Estado el que viva de los ciudadanos y no los ciudadanos del Estado. De lo que se trata es de que el gobierno no mande, sino obedezca, prescindiendo para siempre de esos peligrosos «ingenieros sociales» dedicados a la inútil y dudosa tarea de fabricar *hombres nuevos*. De lo que se trata es de formar individuos libres, responsables y críticos, y de convertirlos en los gestores principales de sus propias vidas. Incluso, la esencia del pensamiento nuevo hasta puede concretarse en una sencillísima oración: la clave de la prosperidad descansa en tres pilares: la libertad para perseguir nuestros anhelos con ahínco, la responsabilidad para respetar las normas, y la existencia de unas instituciones que permitan un buen balance entre esos dos factores no siempre fácilmente armonizables. Ahí, en esa simple verdad, está todo resumido.

Nuestra sociedad no es liberal

No obstante, el final del pensamiento antiguo y el inicio del nuevo en modo alguno significa el triunfo definitivo de las ideas liberales en el mundo iberoamericano. En efecto, dos notables expertos en mediciones e interpretaciones de la conducta —Amando de Miguel y Pilar del Castillo—, en las Cuartas Jornadas Liberales llevadas a cabo en Albarracín, provincia de Teruel, bajo la dirección de Federico Jiménez Losantos, en octubre de 1996, no sin cierta melancolía advertían que los españoles sistemáticamente les atribuyen mucha más importancia a la seguridad y a la autoridad que a la libertad y la responsabilidad individuales, rasgos que, a mi juicio, comparten las sociedades latinoamericanas. Al mismo tiempo —como era previsible—, según todos los síntomas, el bicho ibérico tiene una escasísima confianza en sus compatriotas, lo que acaso explica la pasión nacional por los sellos notariales, los cuños y las ubicuas pólizas. Toda esa parafernalia burocrática parece reforzar unos compromisos que, de otra manera, serían inevitablemente violados o ignorados por los desaprensivos signatarios: «papeles son papeles, cartas son cartas, palabras de los hombres siempre son falsas», cantan los niños de nuestra desconfiada cultura a ambos lados del Atlántico, y ya se sabe que la actitud clave en las sociedades exitosas es la confianza en que los pactos verbales y los contratos escritos se van a cumplir con seriedad. A explicar esta relación ha dedicado el Premio Nobel Douglas North una buena parte de su obra y el señor Francis Fukuyama su último libro, un largo y reiterativo ensayo que lleva por nombre esa virtud tan apreciada como estrafalaria entre nosotros: *Trust*.

Eso quizás explique los frecuentes fracasos de las propuestas liberales en América Latina y en España. Desde que en 1976 —por ejemplo— comenzó la transición española hacia la democracia, los liberales de esta bendita tierra han visto hundirse varios proyectos políticos acaudillados por valiosos líderes que reclamaban cierto espacio de centro en el que supuestamente se daban cita la mayor parte de las personas, presunción que luego han desmentido los votantes cada vez que han podido. Y tras esos fracasos electorales, como suele suceder, no han faltado las recriminaciones o la más desconsolada perplejidad, pero casi nunca se ha llegado al doloroso meollo del problema: sucede que en nuestra sociedad, sencillamente, no prevalecen los valores liberales. Sucede que ésta no es una sociedad liberal. Tampoco lo son las latinoamericanas. Pedirles a los españoles el voto para el liberalismo —para la libertad, para la responsabilidad, para la confianza en las propias fuerzas y en la buena voluntad del otro—, solicitarles el sufragio para restarle protagonismo al Estado y devolvérselo a la sociedad civil, es pedirle al olmo que se llene de peras, cortesía que el testarudo vegetal se niega rotunda y tenazmente a conceder.

¿Por qué y cuándo esta sociedad renunció mayoritariamente a sostener los valores liberales? Como es natural, resulta imposible contestar esas incómodas preguntas de manera tajante e inequívoca, pero sí es razonable aventurar ciertas hipótesis afincadas en la historia y en la observación desapasionada de las formas en que los españoles han articulado sus relaciones de poder.

En efecto, a partir del siglo XVI, o —más diáfanamente— en el XVII, época en que en Inglaterra, Alemania, Holanda o Francia comenzó a arraigar definitivamente la nueva ciencia empírica basada en la experimentación, período en el que en el norte y centro de Europa se desató la pasión por la tecnología y se abrió paso la idea del progreso material como objetivo final de la convivencia social, en España, en cambio, triunfaron de una manera clarísima el pensamiento escolástico y el viejo espíritu medieval. Es decir, el enérgico rechazo a la duda frente al discurso de las autoridades oficiales, la sospecha ante cualquier interpretación que pudiera negar las verdades reveladas en los libros sagrados, la paranoia religiosa contrarreformista, la brutal etnofobia expresada en el antijudaísmo, y —en definitiva— el miedo al cambio en prácticamente cualquier terreno del quehacer humano. Cambiar en España siempre ha sido una peligrosa forma de pecar.

En todo caso, tan importante como el espíritu contrarreformista que se enseñoreó en España debe haber sido el tipo de Estado represivo constituido para impedir a sangre y fuego la llegada de lo que algunos historiadores llaman la «Edad Moderna». No sólo fue, pues, un abstracto debate entre teólogos que se reunían a refutar las malvadas imputaciones de Lutero sobre la Trinidad, la naturaleza de Dios o la venta de indulgencias, sino algo mucho más sórdido, atemorizante y siniestro: unas leyes frecuentemente arbitrarias, autoridades despiadadas, jueces omnímodos, delatores sin rostro, salvajes torturas perfectamente legítimas, turbas asesinas alentadas desde los púlpitos, y el terror, precursor de Kafka, a que una pista semita, morisca o protestante sobre los antepasados remotos, falsa o cierta, ensuciara para siempre la sangre cristiana, trayendo con esta mancha la deshonra permanente a quien la sufriera y a sus descendientes.

No estoy afirmando que los españoles fueran entonces víctimas de una tiranía que les repugnaba —Quevedo, por ejemplo, cuando reflexiona sobre la decadencia española siempre lo hace desde una perspectiva contrarreformista; Lope de Vega fue un entusiasta *familiar* de la Inquisición—, pienso que el tipo de Estado forjado en esos siglos debió ser tremendamente represivo, favoreciendo con su dureza el surgimiento en España de una sociedad cuya escala axiológica colocaba la obediencia, la búsqueda de seguridad y la total desconfianza en el prójimo por encima de cualesquiera otros valores y actitudes, mentalidad social que se trasmitiera íntegramente a los criollos latinoamericanos.

¿Cómo se definía socialmente a un buen ciudadano español en aquellos siglos de simultánea grandeza y decadencia?

En esencia, por su total subordinación a las autoridades políticas y católicas, puesto que los dos brazos del poder —el secular y el religioso— solían estrujar sin piedad a quien se atreviera a abandonar la ortodoxia y fuera acusado por ello. Nada, en síntesis, de lo que nosotros relacionamos con el talante liberal formaba parte de la mentalidad social inducida e impuesta desde el vértice del Estado. Lo que se recompensaba era la obediencia, la sumisión, la repetición minuciosa de los papeles sagrados y el culto por la jerarquía, actitudes que se expresaban mediante un temor reverencial a unos gobernantes que tenían, realmente, la capacidad potencial de hacer muchísimo daño, profunda huella sicológica que todavía perdura en nuestra forma actual de relacionarnos. El miedo nos marcó por los siglos de los siglos.

Estado de Derecho

Mal momento para el surgimiento de este fenómeno. Es precisamente a finales del siglo XVII cuando los pensadores ingleses, encabezados por John Locke, le dan un giro radical a las relaciones de poder e introducen de una manera transparente lo que puede llamarse el «constitucionalismo» o —lo que viene a ser lo mismo— el Estado de Derecho. Es decir, sociedades que no delegan la autoridad en familias privilegiadas, sino en el derecho natural y en la voluntad del propio pueblo, ambos consagrados en textos legales que se colocan por encima de todos los ciudadanos, incluida la familia real.

Al margen de la extraordinaria importancia que el constitucionalismo posee en el terreno de la política —piedra miliar del pensamiento liberal—, es en otra zona menos comentada donde causa una verdadera y profunda revolución: en el oscuro territorio de las percepciones sicológicas. En efecto, cuando el constitucionalismo se convirtió en una verdad mayoritariamente compartida por la sociedad —cuando el pueblo se sintió soberano porque no regía otro hombre o mujer por la gracia de Dios, sino regía un texto constitucional— de forma inadvertida, por la propia naturaleza de las cosas, se invirtieron los papeles que tradicionalmente desempeñaban gobernantes y gobernados. De pronto, en ciertos pueblos del norte de Europa surgió la noción del *servidor público*. De pronto, o tal vez paulatinamente, el pueblo sintió que era él quien mandaba, mientras al gobierno, humildemente, le tocaba obedecer. Gobernar, entonces, se convirtió en *administrar* lo más sabiamente posible —y siempre con arreglo a las leyes— los fondos asignados por los ciudadanos mediante el pago de los impuestos. Ser un *taxpayer* dejó de reflejar una condición de manifiesta inferioridad para pasar a ser la fuente con que se legitimaba la autoridad de los mortales comunes y corrientes.

En España, como todos sabemos, y, por extensión, en Latinoamérica, nunca, realmente, sucedió esa grandiosa metamorfosis. Aquí, tuvimos, es cierto, la Constitución de Cádiz de 1812, la famosa *Pepa* por la que tanta sangre y rabia se derramara, pero jamás el pueblo español pudo someter a sus gobernantes al imperio de la ley, entre otras razones, porque el grito brutal de «¡vivan las cadenas!» era tal vez mucho más que una sorprendente consigna popular o el grito ritual de una humillante ceremonia de vasallaje: acaso constituía la expresión resignada de un pueblo que no sentía al Estado como algo que le pertenecía, algo que era suyo y que libremente había segregado para su disfrute y conveniencia, sino lo percibía como una horma impuesta desde afuera para sujetar a unas personas necesitadas de ese tipo de coyunda para poder vivir en paz. «¡Vivan las cadenas!» era la manera española de admitir, humildemente, el *dictum* de Luis XIV de Francia, que el rey era el Estado, o que la oligarquía dominante era el Estado, dado que el pueblo intuía que muy poco contaba la sociedad dentro de aquel andamiaje institucional. Para muchos latinoamericanos y españoles de aquellos tiempos (y probablemente de hoy), la función del gobierno no es obedecer sino mandar. Aquí no se produjo el cambio de percepciones en el ámbito de las relaciones de poder. Aquí el Estado, como el castillo de Kafka, siguió siendo una fortaleza ajena e inaccesible, gobernada por unos seres oscuros y todopoderosos alejados de los efectos punitivos de las leyes.

No obstante, ese Estado, odiado por casi todos, dispensador de agraviantes privilegios, era, al mismo tiempo, el sueño dorado de la mayor parte de los españoles de ambos lados del Atlántico. El Estado podía ser —y así lo calificaban las mayorías— una indómita burocracia, casi siempre inútil, a veces cruel, terriblemente onerosa, pero lo sensato, dado su peso y poder, no era oponérsele, sino sumársele. Lo prudente era convertirse en funcionario y vivir protegido por su mágico manto, lejos del alcance de las leyes y de las responsabilidades. Al fin y a la postre, la seguridad que el Estado ofrecía podía ser miserable en el orden económico, especialmente en los estratos más bajos, pero siempre era mejor que el desamparo de una sociedad civil poco fiable, o los riesgos de un mercado en el que no se solía triunfar por el esfuerzo y la competencia, sino por la asignación arbitraria de privilegios y canonjías.

Pero, desgraciadamente, hay más. Esa aparente paradoja —querer formar parte de lo que se detesta— no es la única que comparece en la sicología antiliberal del hombre iberoamericano. Su distanciamiento intelectual y emocional del Estado en el que vive y en el que desenvuelve sus quehaceres ciudadanos, le provoca una especie de burlona indiferencia ante las injurias que los demás puedan hacerle. Como el iberoamericano no se identifica con el Estado, como no es «su» Estado, le da exactamente igual que «los otros» no paguen impuestos, destrocen los lugares y vehículos adscritos al impreciso «bien común», incumplan las leyes, evadan el servicio militar o derrochen los caudales públicos. Sólo así se explica —por ejemplo— que a casi nadie en España le escandalice la increíble historia de Hunosa, una compañía minera que año tras año entierra muchísimo más dinero que el carbón que consigue desenterrar, pero como se trata de la tesorería general del Reino de España, la percepción de la sociedad es que no es ella quien paga. Pagan otros. Paga el Estado, ese ente ubicuo, pavoroso, siempre ajeno. Ni los funcionarios —en fin— han adquirido la conciencia de ser *civil servants*, ni los ciudadanos la de formar parte de los *taxpayers*. Y así, naturalmente, es casi imposible soñar con tener algún día un país gobernado con arreglo a los principios liberales.

Las percepciones engañosas

Lamentablemente, los inconvenientes históricos y nuestra escala axiológica de valores y actitudes no son los únicos obstáculos con que se enfrenta el pensamiento liberal en Iberoamérica. Hay otras barreras de carácter general, presentes en todas las latitudes, y la más alta y peligrosa tiene que ver con nuestras percepciones sicológicas de los fenómenos económicos. Acaece que las premisas sobre las que descansa la cosmovisión liberal no sólo se dan de bruces con nuestra historia: también son contrarias al razonamiento intuitivo de la mayor parte de los mortales. La lógica nos traiciona.

Si preguntamos, a voleo, qué es más conveniente, que las transacciones económicas que realiza la sociedad sean el resultado de un orden espontáneo surgido libremente del mercado, o —por el contrario— se limiten a actividades cuidadosamente planificadas por economistas graduados en buenas universidades, la respuesta más frecuente que oiremos apuntará a la supuesta superioridad de la cuidadosa planificación de los expertos.

Si la consulta se hace sobre los controles de precios y salarios la respuesta será más o menos la misma. ¿Cómo el mercado va a favorecer a los pobres? Sólo la mano justiciera de los políticos o funcionarios dotados de buen corazón puede lograr que los bienes y los servicios tengan y mantengan un «precio justo». Sólo un estricto control de los salarios puede evitar que la codicia de los empresarios convierta las retribuciones de los trabajadores en unas cuotas miserables.

Algo parecido ocurrirá si se indaga sobre la forma de proteger las industrias nacionales y los puestos de trabajo: invariablemente se preferirán las barreras arancelarias y las trabas a la inmigración, porque el espejismo lógico apunta en esa falsa dirección, error al que generalmente contribuye con entusiasmo el discurso nacionalista más crudamente demagógico.

No obstante, nosotros sabemos, por la vía experimental, que el mercado es mucho más eficiente que la planificación, tanto para crear la riqueza como para asignarla a los más débiles. Y sabemos que los controles de precios y salarios conducen al empobrecimiento de los pueblos, al desabastecimiento y a la inflación. Y sabemos —además— que proteger a los productores locales de la competencia externa es la forma más rápida de envilecer la calidad de la producción, de encarecerla y de atrasarnos en el plano tecnológico. Pero, como reza el refrán brasilero, «tenemos razón, pero poca... y la poca que tenemos no sirve de mucho».

De manera que, frente a las engañosas intuiciones económicas, los liberales sólo pueden oponer los dictados de la experiencia acumulada tras varios siglos de cuidadosas observaciones. Mientras el socialismo —en cualquiera de sus variantes— deduce sus conclusiones y hace sus propuestas desde seductores razonamientos abstractos perfectamente construidos, el liberalismo tiene que recurrir a los ejemplos concretos para lograr algún grado de persuasión, dado que el sentido común nunca parece acompañarlo.

Más grave aún: los liberales tienen que defender propuestas que contradicen los instintos más elementales. ¿Cómo convencer a los mortales corrientes y molientes de que es bienvenido un cierto nivel de riesgo e incertidumbre en el mercado para que no decaiga la tensión competitiva? ¿Cómo hacerles ver que es bueno que la empresa ineficiente sea expulsada del mercado por otra más ágil capaz de utilizar los rescursos de una manera más eficiente? Joseph Schumpeter le llamaba a este fenómeno la «destrucción creativa» del capitalismo, y el precedente de Darwin no era ajeno a sus reflexiones. Sin la quiebra de los menos aptos el sistema no funcionaba con eficacia. Sin «ganadores» y «perdedores» todos acabábamos perdiendo. Sin diferencias económicas notables no eran posibles la acumulación y la inversión. El sistema dependía tanto de los aciertos como de los errores para avanzar, y aun estos últimos resultaban enormemente valiosos por todo lo que tenían de aprendizaje basado en el tanteo y el error como método de progresar incesantemente.

Añádasele a este discurso liberal las apelaciones a la responsabilidad individual y la solicitud permanente de que el Estado deje de «protegernos» paternalmente contra nuestra voluntad, y se tendrá una idea clara de las ventajas sicológicas de la oferta socialista. Los socialistas siempre hablan de derechos conculcados, no de obligaciones esquivadas, y apelan al muy práctico esquema de las víctimas y los victimarios. Las responsabilidades de nuestras desdichas siempre son de otro. La culpa de nuestra pobreza invariablemente hay que atribuirla a la sevicia del otro. Pero esa injusticia —claro— se terminará mediante la equitativa redistribución de la riqueza, esa mítica multiplicación de panes y peces que hace el político populista/socialista desde todas las tribunas.

¿Cómo puede, en suma, sorprenderse nadie de la inmensa popularidad de esta forma de entender la realidad social o —en sentido contrario— de la falta de calor que suelen encontrar las propuestas liberales? Ese realista mensaje de «sangre, sudor y lágrimas» con que Churchill alistó a los ingleses frente a la amenaza nazi puede lograr su cometido en situaciones extremas, pero en las lides políticas convencionales funciona mucho mejor un candoroso texto con el que se embadurnaron las paredes de Lima en la campaña de 1990: «No queremos realidades; queremos promesas.»

La función didáctica del liberalismo

No es muy halagüeño, pues, el panorama descrito, pero ésa es la verdad monda y lironda, lo que inevitablemente nos conduce a hacernos una ingrata pregunta: ¿qué podemos hacer los liberales ante esta realidad? Y la respuesta es bastante obvia: la tarea más importante que los liberales tenemos por delante es de carácter didáctico. Hay que hacer pedagogía, difundir ideas, explicar una y mil veces lo que nosotros sabemos, hasta conseguir que una masa crítica de iberoamericanos asuma racionalmente nuestros puntos de vista y comience a cambiar el escenario político.

Afortunadamente, el liberalismo es una cantera de ideas y reflexiones que aumenta día a día, y cuyas premisas parecen confirmarse desde diversos ángulos por las cabezas más lúcidas de nuestra época, desmintiendo con sus estudios la desdeñosa acusación de que nuestra visión de los problemas de la sociedad y las soluciones que proponemos forman parte de una cosmovisión decimonónica ya sin puntos de contacto con la realidad vigente.

En efecto: los recientes Premios Nobel concedidos a figuras liberales tan dispares como Hayek, Friedman, Buchanan, Coase, North, Becker o Lucas demuestran que el liberalismo ha ampliado y profundizado el marco de sus reflexiones tanto dentro de la economía como en el derecho, la sociología o la historia. Asimismo, se multiplican los ejemplos de exitosas experiencias liberales en el mundo: la transformación de Nueva Zelanda, las privatizaciones de medio planeta, el surgimiento de cierto capitalismo popular en Gran Bretaña durante el gobierno thatcheriano, el sistema chileno de pensiones y —en general— el «caso chileno», el asombroso crecimiento sostenido del enclave *hongkonés*, el efecto positivo de las desregulaciones, o hasta el interesante ejemplo de Bostwana, uno de los países más pobres del mundo, que tomó el camino liberal en contraste con vecinos que han seguido la senda tradicional del socialismo africano de posguerra.

Lo que quiero decir es que existen materiales más que suficientes para construir un plural mensaje, extraordinariamente persuasivo, que poco a poco vaya calando en la opinión pública hasta darle un vuelco a la conducta política de Iberoamérica. Es un camino arduo y difícil, pero no hay otro. Sólo cuando las personas de nuestra cultura entiendan que la mejor forma de defender sus propios intereses se encuentra en el mercado y en la libertad para producir y consumir, sólo entonces modificarán sus viejos y nocivos hábitos electorales. Al fin y al cabo, la conducta política es —como diríamos hoy día— una consecuencia de las expectativas racionales. Sólo que esas expectativas, en nuestro confundido universo, están montadas sobre viejos pánicos, sobre mala información y sobre errores de percepción. Y es todo eso es lo que hay que cambiar. Menuda tarea.

II

¿POR QUÉ ES POBRE AMÉRICA LATINA?

Hagamos un poco de historia. Este debate —por qué unos prosperan y otros no— está en la raíz misma del cambiante discurso político latinoamericano, y cualquiera que lea cuidadosamente los papeles de Bolívar puede encontrar que desde el momento exacto en que se gestaba la independencia, se formulaba la pregunta que hoy, casi doscientos años más tarde, vuelve a debatirse: por qué la América «latina» es más pobre, desordenada y turbulenta que la «anglosajona».

La explicación etnofóbica latinoamericana

La respuesta que se dio Bolívar, y que dominó la imaginación ideológica de los sudamericanos durante medio siglo, fue de carácter étnico: la culpable era España, porque nos legaba una tradición totalmente refractaria al progreso. Nos trasmitía una cultura forjada en el oscurantismo, la represión y la intolerancia religiosa. Una tradición, como afirmaría Miranda desesperado, poco antes de ser remitido a España cargado de cadenas, que nos conducía a un inacabable «bochinche».

El liberalismo latinoamericano, pues, consecuentemente, se traza un primer objetivo histórico de muy improbable ejecución: desespañolizar a las repúblicas, renunciar a la madre patria, o —por lo menos— relegarla a la última habitación de la casa, como si fuera una anciana decrépita que nos causa una penosa sucesión de embarazosos trastornos. De ahí que en aquella época comenzara a prescindirse del gentilicio «hispano» y surgiera el más genérico «latino». Era una utilización estratégica de la semántica para poner distancia frente a España.

Tampoco debe extrañarnos demasiado el antiespañolismo de los criollos liberales latinoamericanos. Los liberales españoles también querían huir de la España atroz e inquisitorial, abriéndose a una experiencia europea mucho más acorde con la modernidad, porque, en rigor, el diagnóstico de Bolívar era compartido por sus coetáneos y correligionarios de la península. Cuando un liberal español de finales del siglo XVIII o de las cortes de Cádiz —1810-1812— se preguntaba por qué España estaba considerablemente más atrasada que las vecinas Francia, Inglaterra o Alemania, la respuesta que se daba era exactamente la misma de Bolívar: la «culpa» residía en la España negra del fundamentalismo religioso y opresivo. Ellos —los españoles liberales— también tenían sus «godos».

Medio siglo después de imponerse esta visión etnofóbica de la deprimente realidad económica de América Latina, y tras comprobar, en medio de espantosas guerras civiles y desórdenes, que el panorama era aún más pesimista, un nuevo componente de la misma familia se abrió paso: no bastaba con «desespañolizar» a los latinoamericanos. Además había que «desindianizarlos», dado que la mentalidad social de los descendientes de los nativos precolombinos aparentemente no aportaba el mejor caldo de cultivo para el progreso y el desarrollo continuados. Creencia que, por aquella época, está vigente en toda América, desde el México de Juárez hasta la Argentina de Mitre y Sarmiento. Y, sin saberlo, sin poder imaginárselo, en ese juicio étnico, rastreable en los papeles del chileno Bilbao, o en los mexicanos precursores del positivismo, se adivina lo que luego, a principios del siglo XX, intentaría demostrar Max Weber en Europa: que el desarrollo es una consecuencia de la cultura en la que se produce la riqueza, aunque el sociólogo alemán concentrara sus investigaciones en el campo de la influencia de los valores religiosos en la actividad económica.

En todo caso, de manera totalmente predecible, la crítica

a España y el desdén por los indios precipitaba a los criollos latinoamericanos —ya dueños y señores de sus repúblicas— a buscar no sólo a quién pasarle la cuenta por los agravios infligidos y por el atraso vigente, sino también a precisar un modelo imitable que les trajera los dones del desarrollo. Y ese modelo, en la segunda mitad del siglo XIX, fue Estados Unidos, Inglaterra y —en general— «el norte». El norte tanto de América como de Europa.

Es verdad que el positivismo de Porfirio Díaz o de Guzmán Blanco era de raíz comtiana, y —si se quiere— francés, pero el modelo de sociedad y Estado que se admira es el británico o el norteamericano, algo que se deja ver con toda nitidez en los escritos de Sarmiento, e incluso de Martí, al que se le atribuye un antiyanquismo que fue, sin duda, mucho menor que su entusiasmo por el arrollador empuje de la entonces joven democracia americana, en plena e impetuosa expansión hacia el oeste.

Esta «nordomanía» —como entonces se calificara— duró hasta la frontera del siglo XX. En efecto, en 1900, José Enrique Rodó, un serio y circunspecto escritor uruguayo de prosa peinada al medio, publicó un libro que reivindicaba la herencia cultural latina y rechazaba la pretendida superioridad anglosajona. *Ariel*, nombre del famoso ensayo —tomado de *La Tempestad*, el drama de Shakespeare—, era la parte alada, espiritual, de mayor peso en la naturaleza dual del ser humano; mientras *Calibán* asumía la parte material. En el mundo anglosajón, simplemente, prevalecía *Calibán*; en el mundo latino, *Ariel*. Y nosotros, en el sur de América, debíamos asumir con orgullo la tradición histórica latina: Grecia, Italia, Francia, España, porque de ahí venía nuestra gloriosa naturaleza histórica y —si se quiere— nuestra falta de ambiciones económicas.

Si traigo estas observaciones a cuento, no es para repetir cosas por todos conocidas, sino para subrayar que, desde hace más de un siglo, el análisis de las diferencias entre Norte y

Suramérica presenta más o menos los mismos rasgos: se aportan —como ocurre hoy— argumentos biológicos, étnicos, culturales y filosóficos, aunque poco después de la eclosión rodoniana aparecieron en el panorama intelectual de América Latina los primeros argumentos económicos. Esto se vio con total claridad a partir de la revolución mexicana de 1910, aun cuando hay antecedentes valiosos en los escritos del argentino Manuel Ugarte o en los del cubano Enrique José Varona.

La explicación economicista

Así ocurrió. Tan pronto estalló la revolución mexicana de 1910, compareció al debate un razonamiento económico que hasta entonces no había sido tan obvio. Ya en 1911, en un documento conocido como *Plan de Ayala*, memorial de reivindicaciones propuesto por Emiliano Zapata, se focaliza en los latifundios el problema de la pobreza y de la injusta «distribución» de los bienes. En otras palabras: al margen de los corridos folclóricos y la terrible violencia, eso a lo que llamamos «revolución mexicana» es también un radical cambio de diagnóstico. El problema ya no es España ni son los indios. España está demasiado lejos en el tiempo para seguir culpándola, y los indios, evidentemente, no son los responsables del fracaso, sino una parte de las víctimas. A la felicidad, además, no se llega por el camino del modelo anglosajón de conducta política —como creyeran los liberales decimonónicos—, sino por la reforma profunda de las relaciones de propiedad. El problema —sentencian los revolucionarios— es la tenencia de la tierra, quiénes —muy pocos— poseen los medios de producción, y la manera en que los explotan.

¿Cómo cambiar un régimen de propiedad rural que confina en la miseria a las cuatro quintas partes del país? La respuesta revolucionaria aparece en la Constitución de 1917 promulgada en Querétaro: el Estado. El Estado revolucionario tendrá a su cargo la misión de hacer justicia, distribuir la riqueza y lograr que la sociedad mexicana alcance los niveles de prosperidad a los que habían llegado otros pueblos vecinos, como —por ejemplo— Estados Unidos.

Pero ese año —1917— no fue sólo el de la mexicana *Constitución de Querétaro*. En el otro extremo del globo, en Rusia, el zar era sustituido por los bolcheviques, y se imponía en el planeta, al menos durante varias décadas, la manera marxista de interpretar la realidad económica y política de los pueblos, manera, por cierto, que no distaba excesivamente de la que proponían los revolucionarios mexicanos. *Grosso modo*, para los marxistas la pobreza provenía de unas injustas relaciones de propiedad, pero ese flagelo sería eliminado mediante un Estado benefactor que se haría cargo de producir y distribuir equitativamente bienes y servicios entre los habitantes. «A cada uno —decían los bolcheviques— había que darle de acuerdo con sus necesidades y cada uno debía producir con arreglo a sus capacidades», y así se crearía sobre la tierra el paraíso del proletariado.

Muy pronto —en la década de los veinte— esta forma marxista de reconducir las sociedades provocó en América Latina una doble propuesta política para encarar los males del subdesarrollo. La más extremista —para sintetizar— podrían encarnarla el peruano José Carlos Mariátegui y todos los partidos comunistas que enseguida se crearon; mientras la más moderada, representada por el también peruano Víctor Raúl Haya de la Torre, cristalizó en los partidos socialdemócratas y en lo que luego se llamará la «izquierda democrática latinoamericana». Unos —los comunistas— no renunciaban a la violencia y a la dictadura del proletariado para lograr a corto plazo sus objetivos, en tanto que los otros —los socialdemócratas— se comprometían a respetar las formas democráticas y prescribían una época previa de desarrollo capitalista antes de llegar a la creación de una sociedad sin clases ni propiedad privada, como Marx preconizaba. La

43

América Latina, pues, ya contaba con dos recetas económicas más o menos emparentadas en el socialismo para poner fin a su atraso secular. Ese hipotético remedio, en boga en todo el planeta, lo había obtenido del marxismo y de sus derivados más benignos.

El factor religioso

No obstante, mientras los latinoamericanos se acogían a una propuesta europea para abandonar el subdesarrollo —el marxismo puro o sus variantes vegetarianas de la socialdemocracia—, un sociólogo alemán de la llamada «escuela histórica novísima» publicaba en 1905 una obra titulada *La ética protestante y el espíritu del capitalismo*, en la que retomaba con fuerza la hipótesis cultural —en este caso, religiosa— para explicar el éxito o el fracaso económico. De acuerdo con Max Weber, la ética calvinista-luterana, en la que el lucro no resultaba estigmatizado cuando era el producto del trabajo honrado, constituía el secreto ingrediente del éxito de las sociedades protestantes si se las comparaba con las católicas. Asimismo, en la ética protestante había unos componentes de disciplina, *fair-play* y laboriosidad que supuestamente conducían al éxito económico. De esta suerte, la pobreza relativa de América Latina podía atribuirse al predominio de los valores del catolicismo español, mientras el fulgurante destino de los vecinos del norte tendría su origen en el carácter protestante de los *padres fundadores*. No deja de ser notable que este *weberismo*, a casi cien años de publicado el famoso libro, mantiene su vigencia y capacidad de seducción en muchos pensadores de hoy. Sin embargo, mientras más nos acercamos a la propuesta de Weber, tamizándola por lo que ha sucedido en nuestro propio siglo, menos convincente parece.

¿Por qué? Hay varias razones. La reforma protestante, en

esencia, fue una disputa de carácter teológico originada en la interpretación de la Biblia y no un debate sobre el desarrollo económico. Lo que segregó a Lutero y a Calvino de Roma fue el tema de la culpa y el modo de acceder a la salvación, y no una discrepancia de carácter político o económico, aunque esa separación luego tuviera consecuencias de otra índole.

Por otra parte, las mismas censuras que los liberales latinoamericanos le hacían al catolicismo español —retrógrado, intolerante, contrario a la ciencia— podían hacérsele al protestantismo luterano y calvinista, como tristemente acreditan las persecuciones a los anabaptistas o los procesos represivos desatados contra científicos que se alejaron de la ortodoxia oficial, como es el caso de Miguel de Servet. Cuando se piensa en el daño infligido por la Inquisición española a las minorías perseguidas, no puede olvidarse el antisemitismo virulento de Lutero, quien prácticamente llegó a pedir el exterminio de los judíos o, por lo menos, su expulsión de Alemania. ¿Cómo sostener en nuestros días la importancia de la religión en el desarrollo económico, cuando en la misma Alemania de hoy un 25 % se declara protestante, otro 25 % católico, un 20 más o menos agnóstico y el resto ateo? Pero más significativa aún en el descrédito del *weberismo* es la irrupción exitosa de pueblos no cristianos en el mundo capitalista, primero Japón desde el siglo pasado, y últimamente los casos muy citados de Taiwan, Hong Kong, Singapur o Corea del Sur. ¿Cómo decir que el atraso relativo de América Latina ante Estados Unidos o Canadá se debe a la ética de trabajo católica frente a la protestante, cuando quienes no suscriben ni una ni otra consiguen unos envidiables resultados? Al fin y al cabo, puestos a ser *weberistas*, tendríamos que admitir que la ética de trabajo de los chilenos —católicos— ha dado más resultado que la de los jamaicanos —mayoritariamente protestantes—, pero menos que la de los singapurenses —confucianos—. Por ahí, sin duda, no parecen ir los tiros.

En realidad, no hay evidencia concluyente de que las creencias religiosas sean el factor determinante en el modo final de producir y acumular riquezas. Y no ignoro que se ha intentado buscar rasgos comunes entre el confucianismo y la ética protestante para explicar el éxito de los mencionados enclaves asiáticos, pero ese argumento más bien se yergue como la inteligente racionalización de un hecho difícilmente explicable que como una prueba contundente. Incluso, es perfectamente posible alegar lo contrario, y decir que un sistema de creencias como el confucianismo, que tiende a la anulación de la individualidad, y busca, a toda costa, la armonía social mediante el culto por los ritos y el respeto por el orden jerárquico, es casi lo contrario a los factores que alguien como Schumpeter consideraba fundamentales para el triunfo del capitalismo. Es decir, la aparición del osado capitán de industria, individualista y egocéntrico, «suelto» en medio de una sociedad abierta en la que se escala a codazos por méritos propios, y en la que prevalece el poder paradójicamente edificante de la destrucción de la empresa menos innovadora, arruinada por la más ágil y creativa, entregados todos a una *darwinista* y feroz competencia por la conquista de los mercados.

Acaso una explicación más convincente del éxito de los dragones asiáticos es la que aporta Anthony Sampson en *El toque de Midas*. De acuerdo con este ensayista británico, el «secreto» de los dragones radica en lo que él llama «el fuego de los exiliados». Es decir, de la catástrofe china de 1949, y del éxodo de millones de personas rumbo a Hong Kong, Singapur, Taiwan o Filipinas, muchas de ellas procedentes de la vibrante ciudad de Shanghai, se produjo una explosión de creatividad y trabajo sistemático que consiguió el formidable despegue económico y científico de estos enclaves asiáticos.

El argumento es totalmente seductor, pues se podrían añadir otros ejemplos parecidos en América Latina, continente cuyos períodos de mayor esplendor coincidieron con la llegada masiva de inmigrantes: Argentina, Brasil, Venezuela, y la propia Cuba en los primeros cincuenta años de este siglo, podrían ser buenos ejemplos.

¿Por qué esas oleadas de inmigrantes pueden estimular súbitamente la economía de los países que los acogen? Probablemente, por dos factores entrelazados: en primer término, porque cada uno de esos inmigrantes es portador de un capital humano que no le costó nada formarlo a la nación anfitriona; en segundo lugar, porque para los exiliados, sin raíces locales, sólo el éxito económico puede abrirles el camino de la aceptación, la notoriedad y el respeto, fortísimas motivaciones que explican el esfuerzo frenético a que suelen entregarse en sus patrias de adopción.

Otro ejemplo que muestra la dificultad racional de hallar en la religión la causa de los éxitos económicos se encuentra en los judíos, pueblo —por cierto— que suele conservar los rasgos de los inmigrantes recientes, aunque lleve muchas generaciones de instalación en el país adoptivo. ¿Qué otra religión tiene más tabúes, prohibiciones y limitaciones que el judaísmo, y —sin embargo— qué otro pueblo ha demostrado mayor éxito que el judío en el desempeño económico? Al extremo de que no faltan autores que responsabilizan a los judíos de haber desatado el capitalismo moderno al impulsar desde el siglo XVIII ciertas exitosísimas instituciones de créditos y —sobre todo— al internacionalizar las redes comerciales por todo el planeta.

En realidad, desde el punto de vista de los valores religiosos, no hay nada en el islamismo, el sintoísmo, el judaísmo o el cristianismo que, *per se*, potencie o haga imposible el desarrollo económico. En líneas generales, las creencias religiosas dominantes coinciden en predicar la caridad, la solidaridad, el cumplimiento de ciertas normas morales más o menos similares y el acatamiento de las leyes. No hay grandes diferencias, y, cuando las hay, es muy difícil extraer de ellas conclusiones universales.

Hace pocas fechas, por ejemplo, un periódico español —*ABC*, «La vida», Madrid, 13 de marzo de 1996— traía un revelador recuadro en el que se comparaba la posición de la Iglesia católica en materia de bioética con relación al protestantismo, la ortodoxia cristiana oriental, el judaísmo y el islamismo, síntesis de donde se podía deducir que el catolicismo es bastante más refractario a la experimentación científica que el islamismo y la ortodoxia cristiana, pero ese dato sería inmediatamente desmentido por países católicos como Bélgica o Francia que tienen un grado de desarrollo científico, audacia intelectual y prosperidad económica bastante mayor que Marruecos o Grecia. La teoría, simplemente, no se compadecía con los hechos.

La explicación macroeconómica: Keynes y la CEPAL

Weber, que fue leído en América Latina con interés, tuvo, sin embargo, bastante menos impacto en el terreno de las ideas vinculadas a la lucha contra el subdesarrollo que el británico John Maynard Keynes, quien, sin proponérselo, aportaría una hipótesis económica que casaba perfectamente con una tendencia política que prendió con fuerza desde los años treinta en todo Occidente: el nacionalismo.

Keynes, dispuesto a salvar al capitalismo de las recesiones periódicas, propuso la fórmula de estimular la demanda mediante el incremento del gasto público, aunque esto significara un aumento del déficit fiscal, y la consecuente inflación, fenómenos —suponía Keynes— menos graves que el desempleo generalizado, la caída de los precios y la atonía general de la economía que se presentaba cíclicamente en los modelos clásicos de organización capitalista.

Hasta ahí, hasta proponer la hipótesis de la *economía de la demanda* para asegurar el pleno empleo y el crecimiento sostenido, el keynesianismo no era otra cosa que una discutible idea, brillantemente expresada por un académico prestigioso, pero cuando esa formulación llegó a la América Latina, se mezcló, por una punta, con la tradición revolucionaria que le asignaba al Estado la función de crear y distribuir la riqueza, y, por la otra, con un emergente nacionalismo, dotado de fuertes influencias fascistas, que también le asignaba al Estado el papel de corazón de las actividades económicas y —tan grave como eso— de rector de la sociedad, guía y *factótum*.

De manera que la sociedad latinoamericana, a partir de los años treinta, fue bombardeada a derecha e izquierda por dos supersticiones estatistas que se complementaban y que acabaron por producir diversos y muy lamentables experimentos: el peronismo, el «Estado novo» de Brasil, el castrismo, el velasquismo, el torrijismo, o los estados-empresarios de Venezuela y México. Incluso, esa cosmovisión estatista, compartida por izquierdas y derechas, por marxistas y fascistas, por comunistas, socialdemócratas y socialcristianos, inadvertida e inocentemente bendecida por Keynes, llegó a contar con una expresión académica propia en las teorías desarrollistas formuladas por la Comisión Económica para América Latina —CEPAL—, dirigida en sus comienzos por el economista argentino Raúl Prebisch. Según la CEPAL, de mediados de siglo, para alcanzar los niveles de desarrollo del Primer Mundo —entonces se decía de otra manera—, había que auspiciar la industrialización nacional mediante un período de blindaje arancelario que permitiera la sustitución de las importaciones por producción local, y esto sólo se podía hacer eficientemente desde el Estado, porque la falta de capitales y de *know-how* aconsejaba que el sector público se convirtiera en el «motor» de las economías nacionales.

Es decir, de la revolución mexicana, más Marx, más Mussolini, más Keynes, todo ello mezclado en el mortero de los alquimistas cepalianos, se obtenían un diagnóstico y una receta que explicaban y curaban la pobreza relativa de los latinoamericanos a través de una terapia estatista *macroeconómica*. Ya no se buscaba la cura mediante la extirpación de ciertos valores culturales negativos, o mediante la redistribución de la propiedad, sino ahora se recurría a la modificación, ajuste y retoque de los fundamentos del modelo económico. Ya no sería la sociedad la que segregaría un tipo de Estado a la medida de sus necesidades, sino sería el Estado, interpretado y dirigido por gobiernos fuertes, el que moldearía el comportamiento de la sociedad, para que fuéramos capaces de alcanzar los niveles de desarrollo de los países más felices del planeta.

Este frágil castillo de naipes duró hasta la década de los sesenta, cuando se hizo patente que las doctrinas cepalianas —justificación, suma y resumen de los delirios «estatizadores» de marxistas y fascistas— no conducían al gran despegue económico, sino a la hipertrofia de Estados que producían caro, poco y mal, en medio de la corrupción creciente, mientras se mantenía, e incluso se ampliaba, la distancia entre las naciones desarrolladas y lo que ya se conocía como Tercer Mundo.

Frente a esta dolorosa evidencia, surgieron entonces dos respuestas. La primera fue la formulación de la *Teoría de la dependencia*. El Tercer Mundo no podía romper la argolla del subdesarrollo porque existían dos capitalismos: uno central, que mandaba, y otro periférico que obedecía y se subordinaba a las necesidades del primero. América Latina —claro— pertenecía a este triste y obediente universo del capitalismo periférico. Fernando Henrique Cardoso, hoy presidente de Brasil, y ya, felizmente, de regreso de ese elaborado disparate, escribió el libro clásico sobre la materia. Pero la segunda respuesta era más grave aún y se podía resumir de la siguiente manera: si el capitalismo «central» no permitía el desarrollo del capitalismo «periférico», y si estábamos condenados al hambre y a la pobreza para siempre, era evidente que había que destruir el sistema violentamente. Había que hacer una profunda revolución liberadora, y había que sustituir ese capitalismo central explotador y enajenante. Eso fueron el Che Guevara, Fidel Castro, la teología de la Liberación, las «Tricontinentales», las guerrillas, el sandinismo. Eso también fue el alineamiento con la URSS surgido en el seno del *Movimiento de los No-Alineados.* Al fin y a la postre, el Consejo de Ayuda Mutua Económica —CAME—, organismo de concertación comercial de los países socialistas, no estaba fundado —alegaban los marxistas— en la competencia entre el centro y la periferia, sino en la colaboración solidaria entre socios de distinto peso específico que cooperaban fraternalmente de acuerdo con el principio socialista de la división internacional del trabajo.

Como se sabe, en los ochenta esa perspectiva fue pulverizada por la perestroika primero, y luego por la desaparición del bloque del Este, y junto a este total cataclismo de los comunistas, por el descrédito, tanto del socialismo real como de las supuestas bondades que acarreaban las relaciones económicas internacionales entre los estados comunistas. La Europa libre y capitalista era más rica y feliz que la socialista, y los países que abandonaban el comunismo no pretendían mantener vivos sus viejos circuitos económicos, sino deseaban integrarse a la mayor velocidad posible a las redes de producción y comercialización del mundo occidental. Deseaban competir dentro de la aldea global.

En América Latina sucedió aproximadamente lo mismo: liquidadas las supersticiones socialistas, para explicarse el subdesarrollo y el desbarajuste económico de la región, en contraste con las economías exitosas de países como Corea y Taiwan que en la década de los cincuenta eran bastante más pobres que América Latina, y ante el hundimiento de los delirantes sueños revolucionarios, se adoptó entonces en el terreno económico una visión liberal cuyos vestigios pudieron verse en el abortado «gran viraje» de Carlos Andrés Pérez, en la experiencia chilena durante y post Pinochet, en los gobiernos de Salinas de Gortari, Sánchez de Lozada y Gaviria, o en el total abandono del peronismo tradicional manifestado por Carlos Saúl Ménem.

No obstante, la cura que ahora se proponía o imponía era también de carácter macroeconómico, aunque la tuerca giraba en la otra dirección: privatizar las ruinosas empresas del Estado, eliminar el proteccionismo arancelario, balancear los presupuestos, detener la inflación, vincular el crecimiento de la masa monetaria al aumento real de la producción y —en suma— devolverle a la sociedad civil el protagonismo económico que el Estado le había ido sustrayendo desde la década de los treinta. Era el entierro de todos los axiomas con que se construyó el siglo veinte latinoamericano: el fin del rol del Estado como gran distribuidor de la riqueza, como productor, como inductor del consumo; el fin del amor por la revolución violenta; el fin del odio al extranjero explotador; y junto a todo esto, el desconsuelo total con el comunismo que alguna vez fue percibido como una remota esperanza cargada de reinvindicaciones justicieras.

III

CÓMO Y POR QUÉ SE DESARROLLAN LOS PUEBLOS

Hace muchos años el gran periodista Henry Hazlitt escribió un breve libro titulado *Una lección de economía*, en el cual volcaba una serie de observaciones inteligentes sobre cómo se crean las riquezas, cómo se malgastan y cómo se conservan. Hazlitt probablemente no era un experto en matemáticas financieras, pero haciendo uso del sentido común y de la capacidad de análisis que había podido desarrollar a lo largo de muchos años como comentarista del *Wall Street Journal*, del *New York Times* y por último de *Newsweek*, consiguió concretar una docena de criterios fundamentales que deberían inscribirse en los despachos de todos los empresarios y hombres públicos que de alguna manera participan destacadamente en el proceso económico.

Por supuesto, estoy citando a Hazlitt para acogerme a este precedente, y poder formular ciertas reflexiones sobre desarrollo económico, concebidas pese a mi pobre formación tanto en las ciencias empresariales como en la economía convencional. Les confieso que para mí es difícil entender hasta un manual elemental como el de Samuelson, y no digamos otros libros técnicos que requieran una buena formación matemática. Salí del bachillerato sin poder descubrir el enigma de las ecuaciones de segundo grado o la razón que anima la neurótica secuencia de los logaritmos. Nunca pude enterarme del por qué o del para qué de aquellas misteriosas operaciones.

Mi formación es otra: la literatura, la historia, las humanidades y las ciencias sociales, pero estas últimas sólo en la medida en que se alejan de los esquemas cuantitativos o de las fórmulas pretendidamente científicas. Es decir, ni siquiera soy un científico social.

Una vez realizada esta humilde confesión, la segunda revelación que voy a hacer es la siguiente: en verdad, las razones en las que se asienta el crecimiento y desarrollo económico de las sociedades tienen muy poco que ver con los conocimientos matemáticos y, probablemente, menos aún con eso a lo que llamamos ciencia. Más bien, para entender el fenómeno del desarrollo, o el de la involución, es preferible llevar en las alforjas un poco de filosofía, otro tanto de sicología y una dosis mucho mayor de lecturas relacionadas con la historia. De ahí que resulte una ingenuidad mayúscula confiar la economía sólo a los economistas, pensando que estos valiosos profesionales puedan darle un vuelco radical a la situación de una sociedad cualquiera. De ahí —también— la frustración que suele producirse cuando los grandes economistas no consiguen arreglar los problemas. En realidad no es culpa de ellos: el mal es mucho más profundo.

Me doy cuenta, sin embargo, que este acercamiento al tema puede ser visto con desdén en los medios académicos, y en especial entre las diversas escuelas de economistas, pues a partir de finales del siglo XVIII, cuando las especulaciones sobre economía comenzaron a adquirir el carácter de ciencia, se han ido estructurando tendencias y enfoques que, con frecuencia, pretenden dar soluciones al problema del desarrollo, pero acaso ignorando con sus visiones particulares el carácter multidisciplinario que debe tener el análisis del proceso de creación de riqueza.

De esta suerte, no es extraño que, a menudo, algún bien intencionado economista intente demostrarnos que mediante el keynesianismo, el monetarismo o la puesta en práctica del pensamiento liberal de mis admirados Von Hayek o Von Mises —por sólo citar tres ejemplos entre otros cincuenta que se pudieran aportar—, se consigue el milagro del despegue económico o del desarrollo fulminante y continuado.

Por supuesto, yo no niego que hay escuelas y tendencias económicas más acertadas que otras, ni se me ocurriría afirmar que es inútil jugar con ecuaciones algebraicas para establecer la masa idónea de dinero circulante y determinar la velocidad a que el signo monetario debe moverse de mano en mano. Lo que quiero decir es que estos aspectos, en realidad, son demasiado particulares para precisar las razones que explican por qué —por ejemplo— Singapur crece año tras año tres o cuatro veces más que el conjunto de América Latina.

Los recursos naturales

Y la comparación que acabo de establecer nos lleva de la mano al primer elemento que hay que tomar en cuenta para explicarnos el crecimiento y desarrollo de los países, aunque sólo sea para descartarlo de inmediato: los cacareados recursos naturales. Tomemos el caso de Argentina. No hay duda de que Argentina es el gigante mejor dotado de América Latina. Prácticamente toda la Unión Europea cabe cómodamente en su superficie de casi tres millones de kilómetros cuadrados. Los recursos argentinos, su capacidad como país agricultor y productor de minerales, sus infinitos pastos, adecuados como pocos para la ganadería, su rica plataforma marina, sus costas, sus ríos navegables, todo favorece a Argentina, y ya sabemos la descorazonadora situación en la que ese país a menudo se ha encontrado.

Pero en el otro extremo de la balanza nos encontramos con un pequeño enclave, atiborrado de personas, cuya superficie total es menor que la ciudad de Buenos Aires, y sin embargo los singapurenses, sin petróleo, sin agricultura, sin riquezas naturales, triplican el per cápita de los argentinos y mantienen unos niveles de prosperidad de rango europeo.

No es necesario abrumar al lector con una docena de ejemplos de parecidas características para demostrar que los recursos naturales no son, ni con mucho, el elemento clave del desarrollo. Sin embargo, sería necio negar que esos recursos naturales, empleados de una manera correcta por la sociedad, multiplican tremendamente la capacidad de desarrollo. Si Argentina, en los últimos treinta años, se hubiera conducido como Singapur, hoy sería, probablemente, el país más rico del planeta. Las suyas, como las de todas las naciones, son riquezas potenciales, no «habas contadas». Las habas siempre hay que cosecharlas.

No obstante su limitadísima influencia, y sólo con el ánimo de eliminarla, he querido comenzar por la riqueza natural porque se trata del único elemento concreto entre los que determinan, aunque sea potencialmente, el grado de intensidad del desarrollo. Pero a partir de este factor, el resto de las causas fundamentales de la prosperidad de los pueblos se inscriben en el territorio de la imaginación. Nosotros no podemos inventar una bolsa carbonífera, o un territorio apto para la siembra del maíz, pero sí podemos crear, con nuestra fantasía, con nuestras emociones, con nuestra inteligencia y con nuestras destrezas, el resto de los elementos que determinan el grado de riqueza que ostentan las naciones. De la conjugación de estos factores, de la suma, la resta y del orden en que se articulan, depende la gradación que observamos en el planeta entre los niveles de desarrollo que exhiben las diferentes sociedades y pueblos.

El marco jurídico

Pero ¿cuál parece ser entonces el primer gran requisito para que sean posibles la prosperidad y el desarrollo? Si ya hemos desechado los recursos naturales, ¿acaso el número de personas educadas sería lo primordial? Me temo que no. Y precisamente vuelve a ser Argentina el caso que mejor demuestra el relativo peso de la educación como causa directa y primordial del desarrollo. Probablemente no hay pueblo en América Latina mejor instruido que el argentino. Casi con toda seguridad no hay graduado universitario en nuestro continente mejor formado que los naturales de ese país y, sin embargo, los resultados están a la vista.

Para hallar respuesta a esta pregunta quizás la fórmula más sencilla sea preguntarnos ¿qué distingue y qué tienen en común las naciones más desarrolladas del planeta? Evidentemente, no es la raza, porque los singapurenses y los habitantes de Hong Kong son asiáticos, mientras los suizos y los norteamericanos se inscriben en esa clasificación extraña de «caucásicos». También pudiéramos añadir que son los negros trinitarios, de Trinidad y Tobago, y los de Bahamas, los ciudadanos en América, al margen de Canadá y Estados Unidos, que han conseguido mayor índice de desarrollo. De manera que debemos rechazar la raza como condición para escalar los primeros puestos del planeta.

Tampoco —como hemos señalado en otro capítulo— parece muy aceptable aquella explicación que hace unas cuantas décadas diera Max Weber sobre el origen religioso de las diferencias económicas, tema al que volveremos más adelante. En su momento pareció una propuesta acertada e inteligente, pero una mirada profunda nos revela que no hay gran diferencia entre los alemanes protestantes y los católicos, y sí la hay, sin embargo, entre los propios católicos del norte de Italia y los del sur.

Y es que, probablemente, el primer rasgo que emparenta a las naciones más desarrolladas es de otro tipo: es el jurídico. Digámoslo un poco más elaboradamente: el ingrediente básico en la consecución de la prosperidad es el Estado de Derecho y la estabilidad política e institucional que éste sea capaz de fomentar. Sólo se puede alcanzar un grado considerable de riqueza si existe un marco jurídico adecuado, con leyes que se respetan, con tribunales que velan por el cumplimiento de las normas, con sentencias que se ejecutan y con un marco constitucional claro, sólido y al margen de los vaivenes políticos.

Es muy sencillo de entender: las actividades económicas no son otra cosa que transacciones que se realizan y *viven* en la atmósfera del derecho. Se produce, se vende, se compra, se trabaja, se proyecta bajo la protección de un manto jurídico, de una red hecha de leyes justas y de instituciones capaces de administrarlas correctamente. Si ese fascinante mundo de la imaginación es firme, equitativo y funcional, la atmósfera tendrá los elementos nutritivos necesarios para que los demás factores que entran en juego en el proceso productivo se conjuguen adecuadamente y generen un monto creciente de riquezas. Eso, precisamente, es lo que tienen en común Estados Unidos, Suiza, Alemania, Suecia y cualquiera de los países que han conseguido un alto grado de desarrollo económico.

Es obvio: los empresarios, para poder crecer, necesitan tener estrategias a corto, medio y largo plazo. Todo eso significa riesgos. Riesgos que aumentan en la medida en que el tiempo va añadiendo factores de incertidumbre, en la medida en que el comportamiento de la sociedad se hace imprevisible por la inexistencia de un Estado de Derecho consolidado.

¿A quién se le ocurriría —por ejemplo— comenzar a sembrar eucaliptos en Cuba para desarrollar una industria papelera dentro de diez años? ¿Quién puede, en medio de los cataclismos sociales de esa nación, hacer proyectos a medio o a largo plazo? Sólo se invierte con confianza, y se espera a recoger pacientemente el fruto del trabajo, en aquellas sociedades en las que se destierra el sobresalto social y la ley y el derecho se imponen por encima de todos los ciudadanos.

No puede olvidarse que el crecimiento es siempre el producto de un ciclo de ahorro e inversión que se debe suceder ininterrumpidamente a lo largo de extensos períodos. No es posible el enriquecimiento fulminante de la sociedad. Estados Unidos —por citar el caso más conocido— a lo largo del siglo XIX, cuando comenzó a asentarse su supremacía, creció al modesto ritmo del 2 % anual. Incluso, el súbito despegue de los pequeños *Países de Nueva Industrialización* —los cuatro famosos dragones de Asia—, es el producto de unas cuantas décadas de ininterrumpida gestión económica y de estabilidad política, aunque esta estabilidad, en el caso de Corea, sólo sea parcial y discutible.

Es tal la mentalidad que llega a prevalecer en el ciudadano que tiene la dicha de vivir en un Estado de Derecho absolutamente consolidado, que no me resisto a relatar una anécdota que me sucedió hace muchos años y que, de forma parecida, también les ha ocurrido a infinidad de cubanos que emigraron a Estados Unidos.

Alguna vez, intentando explicarle a un azorado norteamericano —que nada entendía de cuestiones políticas— cómo la revolución de Castro despojó violentamente de un laboratorio de productos farmacéuticos a la familia de mi esposa, empresa que con gran esfuerzo habían conseguido levantar, mi apiadado interlocutor me preguntó, sin la menor dosis de sorna: «¿Y por qué no llamaron y denunciaron lo que estaba sucediendo?»

En aquel momento yo pensé que mi amigo norteamericano era casi un idiota, pero con los años he descubierto que esa reacción no era del todo extraña en una persona que había tenido el privilegio de vivir permanentemente protegida por leyes que no cambiaban arbitrariamente y que no estaban sujetas a ese flagelo de la prosperidad, el desarrollo y la armonía que son las revoluciones.

Causas morales

Bien, ya hemos apuntado que el Estado de Derecho constituye eso a lo que pudiéramos calificar de verdadera atmósfera en la que es posible que germinen el desarrollo y la prosperidad. Sin embargo, aun cuando ese marco jurídico sea común a todas las naciones desarrolladas, esa circunstancia no garantiza por sí misma que las naciones consigan enriquecerse.

Veamos ahora las causas morales. Examinemos los valores que contribuyen a determinar el éxito o el fracaso de los grupos humanos. Porque, si bien es cierto que el Estado de Derecho es la condición *sine qua non*, ¿cómo explicarnos la diferencia que existe, por ejemplo, en el grado de desarrollo que exhiben los suizos con relación, digamos, a los italianos? Incluso, seamos más precisos y observemos que dentro de la misma Suiza podemos ver diferentes niveles de desarrollo entre los cantones alemanes, los franceses y los italianos. Y estamos hablando de un país que ostenta un marco jurídico común, mas, sin embargo, se observan diferencias perceptibles entre los distintos grupos que lo forman. Algo similar pudiera decirse con relación a España. En el norte de España los catalanes y los vascos tradicionalmente han tenido un mayor grado de prosperidad que sus conciudadanos andaluces o extremeños. ¿Por qué? Por algo bastante obvio que no suele aparecer en los manuales de economía: eso quiere decir que los grupos humanos producen y trabajan con arreglo a ciertos valores y creencias, y que éstos varían sustancialmente, modificando, de paso, la cantidad y la calidad del trabajo que se desarrolla.

Hay grupos humanos en los que son muy importantes la seriedad, la puntualidad, la vocación por la excelencia, la curiosidad científica, la capacidad de trabajar en equipo, el orgullo de realizar a conciencia las tareas encomendadas y otra docena de virtuosas actitudes. Por supuesto, no todas las personas de esos grupos ostentan las mismas características, pero basta con que estén presentes en un número lo suficientemente grande como para determinar el signo final de desarrollo de la comunidad.

Ahora bien, no quisiera que el lector dedujese de mis palabras la menor dosis de determinismo biológico. No estamos hablando de genes, sino de valores que se trasmiten dentro de las sociedades por mecanismos muy complejos y sutiles, a veces asociados con la educación, a veces con la familia y a veces con la cultura juvenil o con los mitos que sustentan los adultos, y que de alguna manera construyen una determinada cosmovisión.

Es una generalización casi banal afirmar que los alemanes, los japoneses, los ingleses o los norteamericanos —que son, a un tiempo, alemanes e ingleses, además de otras muchas cosas— son laboriosos y disciplinados, y que nosotros en Iberoamérica, por el contrario, no cultivamos esos rasgos con el mismo entusiasmo; pero aunque se trate de una generalización un tanto vulgar, es probable que estemos ante una observación lamentablemente cierta. Y si esto resulta ser una correcta apreciación, no puede extrañarnos que haya una diferencia sustancial entre el producto del trabajo que se genera al norte del Río Grande o a su dramático sur.

Como es inevitable, esta reflexión nos precipita a debatir un problema moral de la mayor trascendencia: ¿hasta qué punto es válido intentar la modificación de nuestros valores con el objeto de conseguir unos más altos niveles de rendimiento laboral y, por lo tanto, de acumulación de riquezas?

Al fin y al cabo, el ademán con que se trabaja —ya sea la disciplinada severidad de los alemanes o la menos rigurosa de los pueblos hispanos— es algo que pertenece a la entraña misma de eso que llamamos idiosincrasia. El trabajo, la forma en que lo realizamos, el perfil de nuestro quehacer, es una expresión tan genuina de nuestra naturaleza como los modos que tenemos de divertirnos, las peculiaridades con que expresamos nuestras creencias religiosas o con que nos vestimos.

No sé si es necesario aclarar que, ante la propuesta de intentar la modificación de nuestros valores para convertirnos en criaturas más productivas, me parecería perfectamente legítimo que se alzaran voces de protesta que expresasen su disgusto por estos esfuerzos de cambiar algo tan sustancial e íntimo.

Sin embargo, debemos admitir que si nosotros proclamamos nuestro derecho a continuar trabajando de la forma en que lo hacemos, simultáneamente nos vemos obligados a aceptar que el producto de nuestro esfuerzo sea menor, y por lo tanto, nosotros seamos más pobres que los ciudadanos de otras naciones. Pero lo que no podemos esperar es producir de acuerdo con una cierta idiosincrasia complaciente y, al mismo tiempo, pretender los frutos de quienes producen y crean riquezas con mayor eficacia.

Porque no es por suerte o por hurto que hay ciertos pueblos más ricos que otros en el planeta. En líneas generales, las riquezas que poseen son producto de la cantidad y la calidad de lo que producen. El automóvil lujoso, el aire acondicionado, o la vivienda confortable son el resultado de un determinado esfuerzo, aunque nuestros trasnochados revolucionarios no se cansen de repetir que son la consecuencia del robo doméstico e internacional.

Ese esquema es casi siempre falso. En las sociedades prósperas se puede fácilmente comprobar cómo, aunque aumente el número de ricos, e incluso de millonarios, simultáneamente mejoran las condiciones de vida de los pobres y de las clases medias, lo que quiere decir que las riquezas de los más afortunados no salieron de los bolsillos de los más pobres.

Y en el orden internacional se puede decir exactamente lo mismo. Las naciones más prósperas y avanzadas del planeta realizan la mayoría de sus transacciones comerciales entre ellas, mientras todas se desarrollan simultáneamente. Incluso, puede afirmarse que en ese gran circuito comercial el enriquecimiento y el empobrecimiento se hace de consuno, y de consuno también se producen los períodos de crisis.

Por otra parte, sería ridículo pensar que la riqueza alemana se debe al despojo de Namibia, o la de Estados Unidos al saqueo de Haití o de México. Ese tipo de razonamiento, que supone que los centros capitalistas se han enriquecido a costa de la periferia subdesarrollada, pertenece a la más desacreditada mitología tercermundista, aunque —lamentablemente— todavía es posible escuchar semejante disparate o verlo escrito en papeles que pretenden ser serios y objetivos.

La educación

Pero no nos desviemos del punto focal y regresemos al meollo de estas cavilaciones. Retomemos el tema de la relación entre valores morales e intelectuales y la capacidad de producción, pero ahora analizándolo desde otro ángulo. Supongamos que una parte sustancial de nuestros ciudadanos decide que sí es necesario entrar en el universo de los valores con el objeto de modificarlos hasta el punto en que nuestra capacidad productiva sea similar a la de otros pueblos líderes del planeta.

Hay muchos argumentos para tomar esa decisión. Y uno de ellos pudiera ser el ejemplo japonés. A nosotros nos admira que ese archipiélago sin recursos naturales y atestado de gentes ha logrado convertirse en la segunda economía del mundo, y probablemente será la locomotora económica más enérgica y poderosa del siglo XXI. Pues bien, a mediados del siglo pasado, Japón era todavía un imperio medieval, de lotos, sombrillas y samuráis, movido por pura tracción animal. Los japoneses producían como se producía en Europa en los siglos XIV o XV, y vivían de no muy diferente manera. Era un país de tradiciones milenarias y de unas arraigadísimas formas de vida ancladas en la tradición y el culto a la historia.

Pero un día, un día de 1853, el comodoro Perry ancló su flotilla en una bahía del sur de Japón y reclamó la apertura de esos puertos al comercio internacional. Fue una bárbara imposición de Occidente. Fue una terrible violación de la soberanía japonesa. Fue un atropello tremendo a la cultura japonesa. Pero ese pueblo, lejos de amilanarse ante lo que le proponían los cañones del militar norteamericano, decidió jugar la carta de la occidentalización y adaptar sus costumbres y su modo de producir al nuevo modelo de sociedad que, casi por la fuerza, le estaban imponiendo.

Quince años más tarde los japoneses lanzaban la gran reforma de los Meiji, y cuando despuntaba el siglo, ya habían sido capaces de crear una impresionante marina, vencedora del imperio ruso, y de apoderarse de una buena parte del *know how* de la época. En 1905 Japón ya había alcanzado el modelo de desarrollo occidental.

Este ejemplo debe ser tomado en cuenta por los latinoamericanos, puesto que no podemos, a un tiempo, admitir la tremenda creatividad y productividad del pueblo japonés, y reclamar para nosotros nuestro derecho a no cambiar de actitudes, valores, creencias y metas. Una de dos: o es bueno copiar sin temor el modelo de los pueblos exitosos, aunque tengamos que recurrir a una especie de cirugía ética, o es perjudicial, y entonces lo que han hecho Japón, Singapur o Hong Kong es censurable.

Admitamos, como hipótesis de trabajo, que es conveniente y deseable buscar el mayor grado de desarrollo, aunque tengamos que modificar ciertos aspectos de nuestra idiosincrasia. En ese caso, lo que hay que preguntarse es si es esto posible, y si lo es, cómo conseguirlo.

Creo que sí es posible lograr la transformación de la conducta laboral de una sociedad, aunque acepto que debe tratarse de una tarea tan larga como difícil. Sin embargo, hoy sabemos, con toda certidumbre, que es posible enseñar valores y actitudes, y que para ello tanto la escuela como los medios de comunicación pueden ser extraordinariamente útiles. Si una sociedad cualquiera llega a creer en ciertas cosas fundamentales, y si esas creencias se convierten en artículo de fe o en revelaciones casi axiomáticas, seguramente tendrán consecuencias en el comportamiento de ese grupo humano.

De manera que aquí sí está muy claro que el huevo precede a la gallina. Y el huevo es la creencia: tan pronto como estemos convencidos de que el camino más corto y recto hacia el triunfo es el del cambio sustancial en nuestra escala de valores, de lo que se tratará entonces es de crear los mecanismos educativos para que esa creencia se convierta en un modo de comportamiento.

Por ejemplo, si nosotros creemos que es imprescindible la consolidación de un marco jurídico previo para que la productividad aumente y la convivencia sea pacífica y grata, no hay duda que tenemos que educar ciudadanos respetuosos de las leyes y de las normas democráticas. ¿Se hace esto en nuestra sociedad? ¿Se educa a nuestros niños y jóvenes en el culto al respeto a las normas y en la práctica del ejercicio democrático? ¿Se les enseña, desde pequeños, a votar por cosas simples y a respetar los resultados de la elección?

Desgraciadamente, nuestras escuelas fatigan a los estudiantes con la acumulación de información que, a veces, resulta totalmente estéril, mientras se descuida la instrucción requerida para construir ciudadanos útiles para las tareas cívicas. ¿Se les inculca en las escuelas a los niños y jóvenes la necesidad de cumplir horarios, de respetar normas, de observar los compromisos establecidos? ¿Se les enseña a avergonzarse cuando se contravienen esas reglas, cuando se violan los plazos y horarios, cuando se rompen sin motivo los compromisos? Como sabemos, la axiología nos enseña que los valores son duales. A cada valor positivo le corresponde uno negativo. Y no puede concebirse la pasión por la puntualidad o por el rigor sin aprender a rechazar, simultáneamente, la impuntualidad o la dejadez.

Todo eso y mucho más tendrían que enseñarlo en las escuelas y proclamarlo a los cuatro vientos los medios de comunicación, hasta conseguir que nuestras sociedades se comporten de otro modo, y que de una manera espontánea y natural acaben produciendo con mayor eficacia.

Estoy seguro de que cuanto digo tiene un aire de irreali-

dad o de sueño de visionario, pero me parece todo lo contrario: se trata de una cuidadosa reflexión basada en el análisis
concreto de nuestras posibilidades. En última instancia,
nuestro problema no es falta de capital, ni de talento, ni de
recursos naturales. Nuestro problema radica en la imperiosa
necesidad de adecuar nuestras costumbres, valores y creencias a las costumbres, valores y creencias de los pueblos más
exitosos del planeta. Y no hay otro camino para lograr ese
objetivo que el de la información, la instrucción y la persuasión de quienes pudieran verse afectados por estos razonamientos.

El sistema económico

No obstante, como último epígrafe de estos papeles, conviene acercarse a lo que quizás se parezca más a una reflexión típicamente económica. ¿Qué tipo de organización económica le conviene más a las sociedades empeñadas en
producir exitosamente? ¿Es preferible optar por los esquemas socialdemócratas que proclaman que el objetivo del Estado es procurar un grado mínimo de bienestar social para la
mayor parte de los ciudadanos, no vacilando en intentar corregir mediante leyes y decretos lo que ellos consideran que
son «distorsiones» del mercado?

¿O es preferible optar por una economía liberal en el sentido europeo del término, y en la cual se subrayen las responsabilidades individuales, se limite al mínimo la injerencia del Estado en la vida de los ciudadanos, y se deje al libre
mercado todo el juego de las transacciones económicas, aun a
sabiendas de que es posible que en ese proceso se produzcan
desigualdades notables entre los miembros de la sociedad?

Personalmente, me inclino a pensar que la opción liberal
suele producir un mayor grado de riqueza que la socialdemócrata, y me acojo con entusiasmo a una definición concisa del

mercado, recientemente recogida de una revista española: «el mercado es una densa convergencia de raciocinios. No hay azar en el mercado. Hay confluencias y síntesis de innumerables actos deliberados e inteligentes, estimulados por intensos e inextinguibles dinamismos vitales. El orden que crea la economía de mercado no es caótico, sino multirracional. En la libre fijación de los precios, de las inversiones, confluyen los razonamientos de millares de consumidores y asalariados, y de millares de empresarios y ahorradores. Es una galaxia de cálculos que desembocan en resultados sencillos. Son inmensas muchedumbres, aguzando el ingenio para incrementar las rentas personales y el producto bruto de todos».

Como principio general, me parece que todo lo que entorpece el libre juego del mercado acaba por ser antieconómico. Sin embargo, estoy dispuesto a admitir que las sociedades prósperas, después de que han creado una cierta cantidad de riquezas, pueden permitirse el lujo de ser menos eficientes, con el objeto, a cambio de esto, de proteger los intereses de los más débiles. Sólo que cuando los estados pobres —por ejemplo, los de América Latina— se proponen y se exigen asignar a los menos favorecidos bienes y prestaciones para los que no existen recursos disponibles, se producen la inflación, el empobrecimiento, la mutilación de la capacidad de desarrollo de las empresas y, en consecuencia, se agrava aún más la situación de los pobres. Esa tragedia la hemos visto muchas veces en América Latina por la manifiesta incapacidad de los demagogos y políticos populistas, empeñados en repartir una riqueza que aún no ha sido creada.

Sin embargo, pese a todo lo anterior, me permito decir que de todos los elementos que hemos analizado, y que componen la clave del desarrollo y la prosperidad, tal vez el menos importante es ése que atribuye a liberales o a socialdemócratas la supremacía como modelo económico para la creación de riquezas. Nadie en sus cabales puede negar el éxito de una sociedad como la sueca, organizada dentro de lo que se conoce como *Estado de bienestar social*. Pero tampoco nadie, bien informado, puede negarle al liberalismo de Margaret Thatcher la enérgica recuperación de la economía británica, tras varias décadas de declinante práctica socialdemócrata.

En última instancia, se pueden conseguir altas cuotas de prosperidad tanto dentro de unos esquemas como de otros. Y es que el resultado final de nuestro esfuerzo descansa, en una enorme proporción, sobre las leyes e instituciones que nos hayamos dado, sobre nuestras creencias, valores y actitudes, y luego, y en menor medida, sobre la variante o modelo que elijamos dentro del espectro que nos ofrece la democracia.

Como el lector habrá podido comprobar, ni siquiera me he detenido a analizar el modelo marxista. Tras el colapso de los regímenes del Este y de la Unión Soviética, me parecería una broma de mal gusto, especialmente ahora, cuando los derrotados marxistas admiten el fracaso de su ideología y descubren que la libertad es también un componente en la lucha por el desarrollo y la prosperidad.

Racionalmente sólo nos es dable elegir entre las pocas variables que nos ofrece la economía de mercado. Ya sólo queda, a la izquierda, la socialdemocracia, y, a la derecha, el liberalismo. Yo no estoy muy seguro de que la historia haya terminado, como supone Fukuyama, porque soy incapaz de prever el futuro, pero lo que sí parece claro es que en el momento presente no se vislumbra un mejor modelo que el que nos brinda cualquiera de estas dos opciones disponibles, alas, por cierto, de un mismo pájaro. En todo caso, como he dicho a lo largo de estos papeles, el desarrollo está en otra parte. Fundamentalmente, en nuestras cabezas.

IV

LA EMULACIÓN DEL LÍDER
Y EL FACTOR HELÉNICO

Como queda dicho a lo largo de este libro, cada vez con mayor frecuencia suele convocarse a especialistas en diversos campos para hablar de los valores, y de lo que une o separa a los diferentes grupos, pero el tema subyacente, que acaso no se menciona por su urticante «incorrección política», es el de tratar de buscar una o varias razones de peso que nos expliquen por qué América Latina es, en gran medida, pobre, y muestra un considerable atraso con relación al Primer Mundo, especialmente con respecto a Estados Unidos o Canadá, sus prósperos vecinos del hemisferio norte. Al fin y al cabo, ambas regiones fueron colonizadas por Europa, aunque la impronta del Viejo Continente lleva mucho más tiempo grabada en la América llamada «latina» que en la que, también arbitrariamente, se conoce por «anglosajona». Siempre es útil recordar que cuando Boston, Filadelfia y Nueva York eran casi las únicas ciudades norteamericanas que merecían esa denominación, prácticamente todas las capitales latinoamericanas ya llevaban un siglo de fundadas, y alguna, como Lima, contaba con una centenaria universidad. Esto, naturalmente, lejos de resultar reconfortante, debe aumentar nuestra zozobra, porque no hay ninguna razón objetiva e inmodificable que explique por qué el cerebro científico o el músculo económico de Occidente jamás han estado dentro o siquiera cerca de nuestras fronteras latinoamericanas.

Biología y desarrollo

Confieso que hace muchos años que dedico no pocas lecturas y bastantes reflexiones a este amargo tema, y cada día la respuesta me parece más elusiva y compleja, circunstancia que me sugiere que debo comenzar por descartar lo que me resulta notablemente descabellado.

No puedo, por supuesto, —y ya lo he señalado en otro lugar— admitir que exista un fundamento biológico que explique por qué es más próspero un señor de Toronto o de Los Ángeles que un señor de Tegucigalpa o Valparaíso, pero no porque esa visión me parezca «racista» a priori o «políticamente incorrecta» —todo punto de vista merece ser examinado—, sino porque me parece falsa o muy débilmente apoyada en estadísticas vidriosas. Es verdad que los norteamericanos blancos de origen italiano avecindados en Nueva York tienen un nivel de vida y unos ingresos considerablemente más altos que los negros instalados en Harlem, pero también es cierto que los negros de Bahamas, Gran Caimán o Curazao, primos hermanos de los de Harlem, tienen un nivel de vida y unos ingresos superiores a los de los brasileños de origen italiano, a su vez primos hermanos de los italoamericanos neoyorquinos.

Pero, sobre todas las cosas, ante la imposibilidad de definir el término «raza», lo más prudente es renunciar a cualquier interpretación racista. ¿Qué es la raza? ¿Dónde radica? Pelo rabiosamente ensortijado no sólo se encuentra entre los negros africanos, sino también entre ciertos blancos del Mediterráneo o entre algunos germanos. Hay labios gruesos, muy gruesos, entre grupos eslavos, narices muy anchas en pueblos asiáticos, ojos azules en tribus nómadas del desierto sahariano y pieles prácticamente negras en hindúes de cabello lacio y facciones helénicas. ¿Dónde radica esa distinción racial que supuestamente hace a las personas diferentes?

Lo que quiero decir es que la craneología, la frenología, el lombrosianismo o la hematología ideológica no se compadecen con los hechos. En el pasado esas figuraciones y esas configuraciones han servido para justificar la esclavitud o el atropello de ciertas etnias o naciones dominadas por otras, pero en la medida en que nos adentramos en el conocimiento de la biología humana y desciframos los códigos secretos de la vida, vamos comprobando que no hay base científica para afirmar que el éxito o el fracaso económico y social de las personas se fundamentan en la herencia de caracteres trasmitidos de una generación a otra. Cualquier observador que se hubiera asomado a Corea o a Taiwan en 1950, y hubiera comparado el estándar de vida de aquellos asiáticos con el de un habanero o un bonaerense de la misma fecha, hubiera podido llegar a la conclusión de la inferioridad de la «raza oriental» si se contrastaba con la de esos latinoamericanos de entonces.

El antisemitismo de los siglos XVIII y XIX —por ejemplo— se basaba en la supuesta inferioridad intelectual y física de los judíos hacinados en los guetos europeos —a los que sólo se les imputaba un cierto vicioso talento para la especulación económica—, pero en la medida en que los ejércitos napoleónicos fueron destruyendo esas ignominiosas murallas, y en la medida en que de aquellas ciudadelas fueron emergiendo extraordinarios músicos, científicos y empresarios, el antisemitismo cambió la coartada de su viejo rencor: ya no había que destruir al judío por su supuesta inferioridad, sino porque era demasiado poderoso. O sea —y así se dijo en el lamentable siglo XX que está a punto de terminar—, porque de alguna forma su «internacionalismo» le confería una peligrosa superioridad en detrimento de las naciones y los nacionalismos. Supuestamente, pretendían dominar el mundo, ambición que no puede abrigar —claro está— ninguna criatura inferior.

¿Es necesario decir que tampoco podemos admitir la hipótesis de que las dimensiones de los países o las riquezas naturales determinan la prosperidad de los pueblos? Algunas de las naciones mayores del planeta están entre las más pobres: China, India, Paquistán. Mientras algunas de las más pequeñas se anotan en la lista de las más ricas: Suiza, Luxemburgo, Andorra, Singapur. ¿Cuántas veces hay que comparar lo que sucede en Nigeria o Venezuela —dos de los países mejor dotados por la naturaleza— con lo que ocurre en los remotos y desamparados islotes de Taiwan y Nueva Zelanda para demostrar que la riqueza moderna no se *extrae* sino que se *crea* en las empresas y en el comercio?

Es bueno contar con una franja de tierra fértil —similar a la que tienen los argentinos o los norteamericanos— pero hasta eso se puede «inventar», como han hecho los israelitas en sus granjas experimentales o en sus desiertos reconquistados. Es magnífico tener petróleo —como les sucede a Ecuador o a Colombia—, pero no creo que los suizos sufran demasiado el agravio comparativo de no disponer de esa materia prima y tener que importar el combustible que consumen. Al fin y al cabo, la riqueza petrolera mal manejada —como prueban los casos de México, Venezuela, Nigeria o Irak— puede llegar a convertirse en una bendición prácticamente inútil.

La fórmula liberal como respuesta

Estamos, pues, en medio de una etapa de predominio del pensamiento liberal —en el sentido europeo y latinoamericano del término— donde se nos dice —y hay razones para creerlo— que las sociedades que han conseguido el gran despegue lo han hecho realizando la mayor parte de sus transacciones dentro del mercado, sometiéndose a un orden económico fundamentalmente clásico, aunque con una presencia importante del Estado, más que en la producción, en la coordinación de los agentes económicos.

Los premios Nobel otorgados en los últimos veinticinco años a Hayek, a Friedman, a Coase, a Buchanan, a Becker, a North, o a Robert Lucas, no sólo dan fe del nuevo rumbo de la ciencia económica —si se le puede llamar ciencia a unos vacilantes saberes generalmente descriptivos y siempre cuestionados—, sino también muestran cómo se configura el análisis actual de los males que lastran a nuestras sociedades. Los *mercadistas* buscan la prosperidad en la libre competencia que se genera en el mercado. Los *monetaristas* ponen el acento en las restricciones a la masa monetaria circulante para evitar la inflación, el mal temible que devastó a Argentina, Chile, Perú o Nicaragua. Los *institucionalistas* prescriben instrumentos jurídicos eficaces para que la economía de mercado rinda sus mejores frutos: códigos de comercio justos y claros, leyes de quiebra sin fisuras, respeto por la santidad de los contratos, constituciones principistas y no programáticas, jueces independientes. En síntesis: seguridad jurídica para que los empresarios puedan realizar sus transacciones a corto, medio y largo plazo, mientras el ciclo económico —ahorro, inversión, ganancia— gira incesantemente, ensanchando con cada vuelta la riqueza privada y colectiva.

Los *hacendistas* o *fiscalistas*, por su parte, observan recelosamente el gasto público y la formulación de los presupuestos, porque la experiencia les —nos— ha demostrado que los gobiernos no responden a la idea abstracta del *bien común* sino a satisfacer a la clientela política que los mantiene en el poder. Cada acción gubernamental tiene un costo, y ese costo es una sustracción que se hace a la riqueza generada por la sociedad, de manera que la primera tarea de ésta es someter a los funcionarios electos o designados a un constante escrutinio que impida el derroche de los recursos públicos y, en la medida de lo posible, a encauzar el gasto general en beneficio del más amplio número posible de personas.

Los *sociologistas*, al mismo tiempo, deducen sus reglas y prescripciones del comportamiento de la sociedad, partiendo de una premisa que ya había aventurado Adam Smith: que con cada acto que realizan, los seres humanos buscan *optimizar* sus beneficios personales, de donde se concluye que la mejor acción de gobierno no es aquélla preñada de buenas intenciones, sino la que puede provocar en el agente económico el surgimiento de un interés objetivo en cumplir con ella. En eso, al fin y al cabo, consiste la hipótesis de las «expectativas racionales» defendida por Lucas: presumir la inteligencia de las personas para la toma de sus propias decisiones de acuerdo con las cambiantes circunstancias que se van formulando.

¿En qué punto, finalmente, estamos hoy en el debate? Cuando las «clases dirigentes» latinoamericanas —por utilizar una frase algo vaga— se preguntan qué hay que hacer para abandonar el subdesarrollo y ocupar un lugar destacado en el Primer Mundo, ¿qué es lo que se responden? Desechada la quimérica «revolución», se responden lo que atropelladamente hemos descrito antes: Estados de Derecho, democracias administradas por gobiernos pequeños, sin déficit fiscal, sin grandes deudas, dotadas de una moneda fuerte, regidas por leyes justas, y en las que la sociedad civil tenga un peso mucho mayor que el de los gerentes del Estado. La respuesta viene dada por la economía clásica, hoy depurada y mejorada tras dos siglos de incisivas reflexiones.

¿Es esto verdad? ¿Es ése el camino del desarrollo? Hasta cierto punto. No hay duda de que ese modelo liberal es conveniente, mucho más conveniente que el que ha hecho crisis tras varias décadas de experimentación, pero si todo eso sucediera, si se lograran desmontar los ineficientes gobiernos construidos por casi un siglo de juicios equivocados ¿ascendería la América Latina al Primer Mundo y ocuparía una posición de liderazgo y competencia junto a Norteamérica, Europa y Japón? Yo tengo mis dudas. Y las tengo, porque la propuesta liberal —en la que creo—, tal como está planteada, es básicamente un gran ajuste macroeconómico del sistema, ajuste que me parece necesario pero insuficiente. Hay otros elementos subjetivos, de muy difícil ponderación, arraigados en el oscuro terreno de las creencias, los valores y las actitudes, que intervienen en la conducta económica de los pueblos y, de alguna manera, dictan los resultados que luego se obtienen. Enfrentémonos a este fenómeno con algunos ejemplos concretos.

Los tercos subdesarrollos

Acerquémonos —por ejemplo— al caso de Puerto Rico, pequeña isla del Caribe, que cuenta con tres millones y medio de habitantes, mientras una cantidad algo menor de emigrados y sus descendientes radica en Estados Unidos, fundamentalmente en ciudades como Nueva York, Chicago, Boston y —últimamente— Orlando, en Florida.

Desde hace un siglo, desde la invasión norteamericana de 1898, los puertorriqueños, si bien nunca han gozado de independencia —lo que sólo parece perturbar severamente a menos del cinco por ciento de la población— tampoco han conocido la tiranía. Es decir, estamos ante un pueblo latinoamericano que lleva casi cien años disfrutando de un Estado de Derecho, estabilidad política, tribunales independientes, mínima corrupción, democracia, economía de mercado, prensa libre y, en general, todas las instituciones que, aparentemente, garantizan el desarrollo, incluido el autogobierno, pues desde hace por lo menos medio siglo los puertorriqueños tienen un grado muy alto de control de su propia hacienda y administración locales. Y ciertamente, ha habido progreso.

Pese a su pequeño tamaño y su limitada población, Puerto Rico tiene más del doble del per cápita de Uruguay —uno de los más altos de América Latina—, y los datos de su comercio exterior son realmente impresionantes: exporta e importa algo más de veinte mil millones de dólares anuales en cada dirección. Una cifra que en América Latina sólo superan los gigantes México y Brasil.

Simultáneamente, los índices de desarrollo social de Puerto Rico dentro de un total respeto por los derechos humanos de la población, son también de país próspero. Su longevidad es la más alta del hemisferio occidental, su masa laboral descansa en la industria y los servicios, no en la agricultura, y los indicadores habituales del nivel de bienestar humano son tan altos como los europeos, como puede comprobarse en educación, sanidad o prácticas deportivas.

No obstante, esa indiscutible condición de «líder» económico de América Latina se desploma cuando el contraste se establece con Estados Unidos, país al que está fuertemente ligado, y cuya ciudadanía ostentan los puertorriqueños. Tras un siglo de vínculos y —repito— de disponer de todos los dones de la libertad, la democracia y la economía de mercado —no así de la independencia, sistemáticamente rechazada en las urnas por los propios puertorriqueños—, el Estado Libre Asociado de Puerto Rico sólo ha alcanzado la mitad del per cápita del Estado norteamericano más pobre —Misisipí—, y más del cuarenta por ciento de sus habitantes recibe ayuda federal de Washington, debido a la pobreza relativa que padece de acuerdo con los estándares norteamericanos, pese a que el monto del subsidio recibido por la isla en 1995 excedió la suma de siete mil millones de dólares, probablemente la mayor cifra de ayuda per cápita anual de la historia contemporánea.

¿Qué ha pasado en Puerto Rico? ¿Por qué tras disfrutar un siglo de lazos económicos y políticos con Estados Unidos no se ha alcanzado el mismo nivel de prosperidad que la metrópoli? El argumento de la falta de independencia no resulta válido. Hong Kong tampoco es independiente, y el per cápita de los chinos que abarrotan esa colonia inglesa es mayor que el de los británicos que la han dominado hasta su entrega a China. Los andorranos —que sólo hace unos pocos años que han alcanzado una suerte de independencia— tienen también un per cápita más alto que el de franceses y españoles, antiguos soberanos de la pequeña nación-valle instalada en los Pirineos. ¿Será que existe «algo» en los valores «latinos» de los puertorriqueños que obstruye su camino hacia el desarrollo total?

No lo sabemos, pues ese terreno es totalmente invisible para el ojo analítico convencional, y lo más que podemos hacer es aventurar hipótesis y examinar otros casos y evidencias pertinentes. Por ejemplo, el del Portugal del dictador Oliveira Salazar —1932-1970—. Durante varias décadas ese país, si bien no conoció la libertad política o la democracia, sí contó con un presupuesto equilibrado, baja fiscalidad, una moneda totalmente estable, y un cuadro macroeconómico que parecía salido del recetario del FMI, entre otras razones porque el dictador era un viejo economista prekeynesiano, convencido de las virtudes de la frugalidad y la prudencia. ¿Resultado de todo esto? El país —junto a Grecia— era el más pobre de la Europa capitalista.

En América Latina tampoco faltan ejemplos parecidos. Los cuarenta años de la dinastía Somoza, sin democracia, pero con estabilidad y un ritmo de crecimiento económico que en los setenta llegó a alcanzar el ocho por ciento anual, no lograron nada remotamente similar a lo que sucedió en Singapur o en Corea.

Lo que quiero decir es que tal vez cumplamos con todas las recetas liberales —las políticas y las económicas—, pero, a pesar de los avances que se obtengan, probablemente no consigamos situarnos en la proa del planeta, porque el origen del atraso acaso se esconde en los entresijos de la cultura, como sospecharan Bolívar y Weber, aunque ambos hayan elegido equivocadamente al causante de nuestros males.

La identidad helénica

Si descartamos la religión como elemento clave entre los valores culturales que determinan el éxito económico de las sociedades, y si nos viéramos forzados a elegir unos pocos factores para explicar la aparición de este fenómeno, tal vez habría que empezar por reivindicar la comprensión y la conformidad con la identidad occidental o helénica, advirtiendo que desde hace muchos siglos la supremacía se obtiene acercándonos al corazón del poder helénico —donde esté en ese momento preciso la cabeza de Occidente—, absorbiendo sus características y tendencias dominantes, hasta conseguir formar parte de ese núcleo rector.

Me explico. Como todos sabemos, pese a las lagunas existentes, hay una cierta continuidad y contigüidad cultural occidental que comenzó a gestarse hace tres mil años, primero en Mesopotamia, y luego en torno al Mediterráneo. Los griegos le dieron forma y sentido definitivos a esa civilización mesopotámica, a la que luego se adhirieron elementos tan importantes como el aporte étnico-cultural latino y la tradición espiritual judeo-cristiana, y —si se quiere— judeo-cristiana-islámica, porque israelitas e ismaelitas, como nadie ignora, eran primos hermanos que bebieron de las mismas fuentes religiosas.

Es a esa compleja amalgama grecolatina, documentada en cantos épicos, salmos religiosos, leyendas y verdades históricas, a lo que llamamos *mundo helénico*. Es a «eso» descrito, cantado y pensado por Homero, David, Arquímides, Solón, Aristóteles, Platón, Estrabón, Mateo, Josefo, Julio César, Virgilio, Vitruvio, Horacio y otro centenar de viejos e indispensables nombres, a los que con el tiempo se añadieron san Agustín, Bacon, Tomás de Aquino, Leonardo, Newton, Freud o Einstein. Es decir, un mundo sintetizado por griegos y romanos, que hace varios milenios comenzó a forjar de manera imperceptible, pero crecientemente arrolladora, esto a lo que hoy llamamos una aldea global. O sea, una sociedad que comparte una común cosmovisión, y que uniforma poco a poco no sólo sus creencias y saberes, sino también la forma de enfrentarse a sus quehaceres: la manera de educarse, de curar a los enfermos, de gobernarse, de comunicarse, de producir bienes y servicios, y así hasta el infinito.

La primitiva aldea global alguna vez tuvo su embrionaria cabeza en Atenas, luego pasó a Roma, que se sirvió espléndidamente de los maestros griegos, más tarde, o coetáneamente, se desplazó a Bizancio, de donde irradió su grandeza a Damasco, a Bagdad o a la Granada y Córdoba musulmanas, trasladándose luego la capitalidad del helenismo a la corona de Carlomagno, en el año 800 de nuestra era, circunstancia que marca el definitivo desplazamiento de la supremacía del *Mare Nostrum* latino a las tribus germánicas helenizadas del norte de Europa, donde permanece hasta mediado del siglo XX, y de ahí, en nuestros días, en un lento proceso comenzado tras la colonización de América, al liderazgo norteamericano, primero en la costa atlántica, y ya perceptiblemente al Pacífico californiano.

Es obvio que en un texto de este tipo no podemos excedernos de la visión panorámica, pero sí es importante subrayar el hecho que ha sido la constante histórica del helenismo: todos los pueblos que alcanzaron cierta hegemonía a lo largo de por lo menos los dos mil últimos años, han logrado su hazaña por un mecanismo de imitación o transculturación que decidida y casi siempre voluntariamente tomaba como paradigma la cabeza del mundo helenístico, los cánones y el modo de producción y administración entonces vigentes, y ahí, copiando primero y emulando después, conseguían dar un salto cualitativo, hasta lograr alzarse a la cima de la civilización.

Los árabes dejaron de ser una tribu sin gloria ni ventura, surgida del fondo del desierto, cuando se acercaron a Bizancio y aprendieron las claves del mundo grecolatino. Los turcos se transformaron en uno de los grandes imperios del planeta cuando detuvieron sus cabalgaduras y convirtieron Bizancio en Estambul, olvidando para siempre sus orígenes esteparios. Las tribus anglogermánicas desplazaron el centro de gravedad al norte de Europa, y pusieron fin a la imagen de ser los despreciados «bárbaros» de antaño, en el momento en que se helenizaron definitivamente durante el imperio carolingio, inaugurando una hegemonía «nórdica» que, tras un accidentado trayecto, llega hasta nuestros días, pese a los destellos aislados y fragmentarios de Venecia, Florencia o Génova durante el Renacimiento.

Naturalmente, en sus inicios, y durante muchos siglos, esa helenización no fue un proceso conscientemente diseñado por nadie, aunque con frecuencia resultara voluntariamente asumido, sino «algo» que se fue estructurando por medio de sucesos imprevistos que se encadenaban aleatoriamente en direcciones imposibles de predecir. No obstante, a partir de la Edad Media, del surgimiento de la ciencia empírica y de la aparición de máquinas cada vez más complejas capaces de medir el tiempo, aumentar la producción, orientar con precisión la navegación de los buques y mejorar el poder destructivo de los ejércitos, se fue haciendo patente que el centro del poder en el mundo helénico estaría allí donde se dominaran la técnica y la ciencia con mayor intensidad, tendencia ya absolutamente apreciable entre los siglos XII y XVI, y demoledoramente obvia a partir de entonces.

¿Dónde ha estado el corazón de Occidente desde el siglo XVII? ¿Dónde la mayor cuota de prosperidad y riqueza? En Francia, en Inglaterra, en Holanda, en Escandinavia, en Alemania, y luego en Estados Unidos y Canadá, prolongaciones trasatlánticas de ese norte de Europa que comenzó a dirigir Occidente cuando Carlomagno, un franco, es decir, un germano que apenas hablaba en lengua romance, recogió el testigo grecolatino y buscó la sabiduría helénica con la ayuda de los frailes y monjas medievales. Sólo que a partir del si-

glo XVIII —mil años más tarde— surge y se afianza en el mundo
helénico una pulsión, una urgencia hasta entonces desconocida: la del progreso.

El mundo grecorromano, que cuando se hizo cristiano,
con Constantino, en el siglo IV, y por el siguiente milenio, tácitamente establece que el objeto de la civilización es la salvación eterna del alma, a partir del Renacimiento comienza
a cambiar radicalmente sus objetivos y se abre paso la mundana convicción de que el propósito de la civilización no es
salvar el espíritu para gloria de Dios, sino progresar en el orden científico y prosperar en el económico, definiendo ambas
metas por el grado de confort, placeres y ocio que esos cambios en el modo de vivir le traigan a un número cada vez mayor de seres humanos. Éstos son la máquina de vapor, las
cosechadoras, los motores de combustión, los vehículos autopropulsados, las rotativas, los grandes telares, el tren, la iluminación, la refrigeración artificial, los envases al vacío, la
telefonía, la aviación, la energía nuclear, las computadoras y
hasta el último invento o hallazgo que hace la vida más grata, aun al precio de hacerla más compleja y —a veces— más
peligrosa.

El helenismo a marcha forzada

¿Qué tiene que ver esta disquisición sobre las claves del
éxito en el mundo occidental o helénico con el atraso relativo
de América Latina? Mucho, porque es probable que los latinoamericanos no nos hayamos percatado de estos importantísimos aspectos de la manera en que lo han hecho otros pueblos más alertas, y los mejores ejemplos, por contraste, acaso
podemos obtenerlos de Asia.

En efecto, ¿qué fue, a vuelapluma, la revolución Meiji decretada por los japoneses en 1867 y a la que ya nos hemos referido? Fue una orden, dada por el emperador, bajo presiones de la clase dirigente, para occidentalizar —helenizar— el país a toda prisa de acuerdo con los modelos norteamericano y, sobre todo, alemán. Y los objetivos que entonces se trazaron fueron absolutamente claros: adquirir a toda velocidad los conocimientos y la organización necesarios para comprender y fabricar las máquinas que aseguraban a quien las dominara la pertenencia al pequeño grupo de naciones que estaban a la cabeza del planeta. Los japoneses, o cierto puñado clave de japoneses, habían entendido o intuido dónde estaba el código de comportamiento que podía asegurarles el éxito.

Apenas una generación más tarde, aquel Japón, que a mediados del XIX se vio humillantemente *forzado* a abrir sus puertos a las cañoneras americanas, ya era una potencia de primer orden, capaz de derrotar sin paliativos a los rusos en 1905, y comenzaba a comparecer en los mercados internacionales con artefactos con los que podía competir en calidad y precio con sus rivales europeos. En esas fechas, el presidente norteamericano Teddy Roosevelt ya sabía, con toda exactitud, que en Oriente había surgido un imperio capaz de hombrearse con las demás potencias occidentales.

Un fenómeno similar volvió a ocurrir tras la Segunda Guerra Mundial, cuando los japoneses efectuaron un cuidadoso análisis de las tendencias hegemónicas en la industria planetaria —entonces dominada de forma abrumadora por Estados Unidos— y salieron primero a aprender, luego a imitar, más tarde a innovar y —recientemente— a inventar. Así sucedió con la industria del acero, la construcción de barcos, automóviles y con la electrónica.

La vanguardia siempre la constituían unos ingenieros y técnicos japoneses dotados de unas inocentes cámaras fotográficas que visitaban los centros de producción más avanzados de Estados Unidos y Europa, para recabar la mayor cantidad de información posible. Luego seguía un esfuerzo por competir en precio, pero sometiendo los bienes producidos a un constante proceso de control y perfeccionamiento de la calidad hasta lograr objetos mejores y más baratos que los de Occidente.

Esa metodología, en la que se combinan la inteligencia industrial y la pasión por la excelencia, tuvo una muestra absolutamente clara en la *Liason Office* creada en Sillicom Valley por varias compañías japonesas que concertaron sus esfuerzos para aprender la tecnología electrónica. Y aprendieron tanto que hoy acaparan prácticamente todo el mercado de la electrónica, desplazando a la casi totalidad de las firmas europeas y a una buena parte de las americanas.

Un proceso muy parecido es el que se observa en los casos de Singapur, Corea del Sur, Taiwan y Hong Kong después de la Segunda Guerra Mundial. Los cuatro dragones han realizado sus «milagros» económicos de manera diferente, pero todos ellos comparten ese rasgo presente en el Japón de la etapa Meiji o de la reciente posguerra: el previo consenso y la decisión sin vacilaciones de la clase dirigente de potenciar a la sociedad para integrarse en el menor plazo posible a la cabeza técnica y científica del mundo occidental. Los dragones podían disentir en las proporciones de intervención estatal que empleaban en la transformación de sus sociedades, o podían tener más o menos libertades políticas, pero todos coincidían en un aspecto fundamental: se inspiraron o imitaron sin rubor a los países líderes de Occidente, copiando su tecnología y ciencias punteras, como paso previo para la posterior creación autónoma. Todos tuvieron un clarísimo sentido de la dirección histórica, y todos intuyeron que el desarrollo de sus países se podía llevar a cabo en un período sorprendentemente rápido si no se perdía el norte de la helenización. El secreto estaba en *imitar* los rasgos más notables y las tendencias económicas y científicas más evidentes de la cabeza de la aldea global. Lo demás —la innovación y la invención— luego vendría por añadidura como consecuencia de enérgicos planes de investigación y desarrollo.

Curiosamente, algo de esto comenzó a hacer Turquía tras

la Primera Guerra Mundial, bajo el bastón de mando de Kemal Attaturk, o España, tras la crisis de 1898 cuando, entre la *intelligentsia* peninsular acaudillada por Ortega y Gasset, hubo una súbita voluntad de «europeizarse» a paso rápido, pero la Guerra Civil de 1936 liquidó por cuatro décadas ese formidable espasmo creativo que ya se expresaba en el florecimiento de las ciencias, el arte y la literatura españolas de manera extraordinaria.

En cualquier caso, América Latina —sus clases dirigentes—, exceptuando tal vez a la Argentina de finales del siglo pasado y comienzos de éste, o acaso, parcialmente, durante la larga dictadura de Porfirio Díaz en México, jamás ha sentido la urgencia de integrarse seriamente en el Primer Mundo, y —por el contrario— ha perdido muchísimo tiempo y esfuerzo en la búsqueda de una originalidad que confirme el carácter excéntrico y antioccidental de nuestro universo. El «estanciero» Rosas, Gaspar Rodríguez de Francia, las comunas fundadas por los jesuitas en Paraguay, la revolución mexicana, Perón, Castro, Velasco Alvarado, y el resto de los procesos o «caudillos» que han contado con gran apoyo popular y buena prensa en el extranjero, lo que generalmente han planteado no es la helenización y occidentalización cultural y económica de la región, sino la segregación de los países o del continente de su matriz occidental, invocando para esta mutilación una oscura especificidad que nadie alcanza a definir razonablemente, y a la que suele añadirse un gesto hosco y la presentación simultánea de un largo memorial de agravios históricos.

El difícil camino del desarrollo

La conclusión a que nos lleva el hilo de estos razonamientos tiene un anverso risueño y un reverso triste. La cara amable nos dice que no hay ningún impedimento metafísico que inexorablemente nos veda el camino al desarrollo y la prosperidad. La triste nos subraya que no basta con balancear los presupuestos, reducir el perímetro y las funciones del Estado, controlar la masa monetaria, respetar las reglas del mercado y disfrutar de las ventajas de una estable democracia política amparada por un Estado de Derecho para instalar a nuestro universo latinoamericano en la proa de Occidente. Asimismo, tampoco es suficiente con asumir los valores de la ética protestante o intentar acercarse a los códigos culturales del mundo desarrollado. Todo eso —qué duda cabe— es conveniente, incluso hasta *indispensable*, pero no es suficiente para emprender el largo y accidentado viaje del desarrollo con mayúscula.

¿Por dónde, entonces, se empieza? Tal vez por persuadir a las elites políticas, económicas e intelectuales de nuestros países de la importancia de elegir decididamente y sin ambages el camino de la helenización a marcha forzada. Es decir, acercarnos como hicieron los japoneses en el siglo pasado, y como volvieron a hacer después de la Segunda Guerra Mundial, o como han hecho los míticos dragones recientemente, al corazón productivo de Occidente y descifrar la clave de sus tendencias dominantes para ir escalando, poco a poco, peldaño a peldaño, la intrincada ladera técnico científica que conduce a la prosperidad.

Hay que entender, por supuesto, que lo que estamos proponiendo es, por una punta, una descomunal operación de aprendizaje y adquisición de conocimientos —el desarrollo es, en primer término, una consecuencia de la sabiduría—, esto es, una inversión masiva en capital humano, y por la otra, el establecimiento de un compromiso con los modos de producción, tensos, rigurosos y competitivos de las naciones líderes de Occidente, un Occidente que ya incluye, obviamente, buena parte de Asia.

Naturalmente, eso exige virtudes personales que, cuando se comparten por un número grande de ciudadanos, se convierten en rasgos colectivos: rigor, disciplina, puntualidad, seriedad en los compromisos, sujeción a las normas y el resto de los modos de comportamiento que se observan en ciertos pueblos «triunfadores» y que no suelen estar presentes en los más atrasados. Lo que nos indica que tampoco basta con averiguar qué hay que hacer para alcanzar el éxito, sino también cómo hay que hacerlo.

No ignoro —como ya se ha dicho en este libro— que ante estos planteamientos de voluntaria transculturación de usos, costumbres y quehaceres, es legítimo preguntarse si no se estaría atentando contra la identidad esencial de los pueblos, pero eso me parece una peligrosa falacia en un mundo que inevitablemente se contrae y busca la uniformidad bajo el imperio de una indomable fuerza centrípeta presente en el planeta desde hace varios milenios. En todo caso, no se empobreció espiritual ni materialmente España cuando adoptó las catedrales góticas provenientes del norte de Europa, ni la doma, asentamiento y cristianización de los furiosos vikingos en Bretaña puede considerarse una especie de cruel etnocidio por los escandinavos actuales. De la misma manera que, felizmente, los atrasados habitantes de Taiwan, gracias a la transculturación pasaron, en una generación, del cultivo de arroz a la fabricación de chips y a la lectura atenta del *Wall Street Journal*, hecho del que los propios taiwaneses no parecen lamentarse.

¿Es posible en América Latina que los políticos entiendan que deben encaminar sus pasos hacia el Primer Mundo y abrir los cauces de participación a toda la sociedad para que pueda ocurrir ese milagro? ¿Es posible que nuestras universidades e institutos de investigación sintonicen la onda intelectual del Primer Mundo? ¿Es posible que los empresarios y financieros, en lugar de tratar de limitar un coto de caza privado se abran al mundo y a la competencia? ¿Es posible que nuestros estudiantes, en lugar de tirar piedras y aplaudir a guerrilleros con pasamontañas, se dediquen a formarse técnica y científicamente? ¿Es posible que nuestros sindicatos entiendan que los intereses de los trabajadores se defienden en la cooperación y no en esa estúpida superstición de la «lucha de clases»? ¿Es posible que nuestros intelectuales abandonen el lamentable «victimismo» practicado por décadas de regodeo en el error y la infelicidad?

Las sociedades latinoamericanas —aparentemente con la alentadora excepción del Chile reciente— viven incómodas con el modelo de Estado en el que desarrollan sus transacciones, resentidas con la raíz cultural a la que pertenecen, fragmentadas en estamentos que se adversan con saña, y totalmente carentes de horizontes comunes. Necesitan, pues, ante todo, consenso, propósitos, metas claras; necesitan descubrir el qué hacer y el para qué hacer de los pueblos que han sabido situarse a la cabeza del planeta. Necesitan identificar el factor helénico e ir tras él con grandes ilusiones, lo que puede ser un buen comienzo. Algo así como fue el Santo Grial para los cristianos soñadores del medievo.

La «elaboración» de los milagros

Supongamos, pues, que nuestros grupos dirigentes llegan, efectivamente, al consenso de que el camino del desarrollo de América Latina pasa por entender dónde está la cabeza de Occidente y deciden emular la forma en que ahí se crea la riqueza. ¿Cómo se lleva a cabo esta gigantesca tarea de ingeniería socioeconómica? ¿Cómo lo han hecho esos pueblos de Asia oriental a los que con admiración denominamos tigres o dragones?

En 1993 el Banco Mundial publicó un importante libro titulado *The East Asian Miracle* dedicado, precisamente, a describir la carpintería interior del impresionante crecimiento de esta zona del mundo, texto de cuyo resumen extraigo la siguiente cita: «los gobiernos deben cumplir cuatro funciones en relación con el crecimiento: asegurar inversiones adecuadas en recursos humanos, proporcionar un clima competitivo para la empresa privada, mantener la economía abierta al comercio internacional y apoyar una macroeconomía estable. Más allá de eso, es probable que los gobiernos causen más daños que beneficios».

Pero si bien «más allá» de ese intervencionismo moderado no es conveniente comprometer al Estado, «más acá», es decir, menos, tal vez no sería suficiente. O sea, el puro *laissez faire* de los liberales clásicos o el libérrimo juego del mercado ya no alcanzan, porque la complejidad de los procesos productivos modernos requiere que la sociedad, en determinadas circunstancias, busque en el arbitraje y la ayuda del gobierno la posibilidad de obtener ciertos logros.

Probablemente, la tecnología espacial o la nuclear no hubieran existido sin un Estado que estimulara su surgimiento. Algo parecido puede decirse del desarrollo de las comunicaciones, como demuestra la ubicua presencia de la red Internet o las trasmisiones por satélites que no estarían orbitando el espacio sin la existencia de una previa cohetería militar capaz de impulsarlos.

El siglo XX ha visto como los heroicos descubridores e inventores individuales del tipo de Pasteur y Edison han dado paso a los descubridores e inventores «corporativos», inmersos en grandes empresas que dedican enormes sumas a la investigación para mantenerse vigentes en mercados constantemente estremecidos por innovaciones que enseguida deciden el curso de la economía. Fenómeno que nos indica que la pertenencia al Primer Mundo sólo puede lograrse si existe una cierta cooperación por parte de un sector productivo dispuesto a compartir o delegar en el gobierno la facultad de coordinar los esfuerzos creativos mediante el intercambio de información, administración pública de alta calidad, honrada convocatoria a concursos, y el establecimiento de mecanismos transparentes de consulta entre gobernantes y empresarios, con el objeto de mantener la sintonía entre el aparato productivo y las tendencias científicas y técnicas dominantes en el planeta, puesto que es obvio que el hallazgo o la invención de hoy tendrán mañana una determinante expresión económica.

No obstante, como también señala el citado estudio del Banco Mundial, el calco minucioso de la política de desarrollo de los dragones de Asia tampoco garantiza el éxito, melancólica conclusión que puede colegirse de esta frase del texto: «Lo que no hemos comprendido cabalmente es por qué los gobiernos de estos países han estado más dispuestos y en mejores condiciones que otros a experimentar y adaptarse; las respuestas a estos interrogantes trascienden los aspectos económicos e incluyen el estudio de las instituciones y los temas conexos de política, historia y cultura. La tarea del desarrollo se complica más bien que se simplifica al tomar estos aspectos en cuenta.»

¿Está dispuesta América Latina a escalar hasta la cabeza de Occidente? ¿Entendería que para ello —como han hecho todas las sociedades exitosas a lo largo de los siglos— tiene que emular al líder, e impregnarse de ese misterioso *factor helénico* que ayer, por un período, catapultó a árabes o turcos, y hoy está presente en japoneses, norteamericanos o chinos?

Es muy sencillo —y hasta puede ser grato— transferirles a los demás las responsabilidades de nuestro relativo fracaso, pero eso nos coloca fuera de la autoridad de la verdad. La tarea del desarrollo es muy difícil —es cierto—, y en ella se trenzan saberes, valores, actitudes y creencias, pero jamás ha sido fácil para pueblo alguno. La diferencia estriba en que en nuestros días hemos descifrado el mayor de los enigmas concernientes al desarrollo: y es que no hay, en verdad, *secreto* alguno; que no existen, en realidad, *milagros*.

V

¿QUÉ HACEN LOS POLÍTICOS LIBERALES?

El triunfo del liberal Arnoldo Alemán en las elecciones nicaragüenses de octubre de 1996 coloca al nuevo presidente frente a un cambio de milenio, oportunidad sicológicamente dorada para tomar una firme y muy patriótica determinación: sentar las bases para no perder el siglo XXI de la misma lastimosa manera que sucedió con el siglo XX. Crear las condiciones para que Nicaragua se convierta permanentemente en una nación tranquila y próspera, pacífica y organizada, de la que nadie quiera o se vea obligado a emigrar.

La ocasión, pues, no puede ser mejor para parafrasear la pregunta con que el Premio Nobel de economía James Buchanan comenzara sus mejores disquisiciones, «¿qué hacen los economistas?», reformulando la interrogación de la siguiente manera: ¿qué hacen los políticos liberales? O, mejor aún: ¿qué hacen los políticos liberales cuando llegan al poder? A responder estas preguntas, pues, van encaminados los siguientes papeles.

El credo liberal

Decía Bob Hope que todo en la vida había que comenzarlo por el principio, menos *Playboy*, que se comenzaba por el medio, por el *centerfold*, de manera que hagámosle caso al comediante norteamericano y comencemos por el principio, esto es, por establecer de una manera sucinta qué es el liberalismo, qué es ser liberal, y cuáles son los fundamentos básicos en los que coinciden los liberales, lo que enseguida nos aconseja advertir que no estamos ante un dogma sagrado, sino frente a varias creencias básicas deducidas de la experiencia y no de hipótesis abstractas, como ocurría, por ejemplo, con el marxismo.

Esto es importante establecerlo *ab initio,* porque se debe rechazar la errada suposición de que el liberalismo es una ideología. Una ideología es siempre una concepción del acontecer humano —de su historia, de su forma de realizar las transacciones, de la manera en que *deberían* hacerse—, concepción que parte del rígido criterio de que el ideólogo *conoce* de dónde viene la humanidad, por qué se desplaza en esa dirección y hacia dónde debe ir. De ahí que toda ideología, por definición, sea un tratado de «ingeniería social», y cada ideólogo sea, a su vez, un «ingeniero social». Alguien consagrado a la siempre peligrosa tarea de crear «hombres nuevos», personas no contaminadas por las huellas del antiguo régimen. Alguien dedicado a guiar a la tribu hacia una tierra prometida cuya ubicación le ha sido *revelada* por los escritos sagrados de ciertos «pensadores de lámpara», como les llamara José Martí a esos filósofos de laboratorio en permanente desencuentro con la vida. Sólo que esa actitud, a la que no sería descaminado calificar como *moisenismo,* lamentablemente suele dar lugar a grandes catástrofes, y en ella está, como señalara Popper, el origen del totalitarismo. Cuando alguien disiente, o cuando alguien trata de escapar del luminoso y fantástico proyecto diseñado por el «ingeniero social», es el momento de apelar a los paredones, a los calabozos, y al ocultamiento sistemático de la verdad. Lo importante es que los libros sagrados nunca resulten desmentidos.

Un liberal, en cambio, lejos de partir de libros sagrados para reformar a la especie humana y conducirla al paraíso terrenal, se limita a extraer consecuencias de lo que observa en la sociedad, y luego propone instituciones que *probablemente* contribuyan a alentar la ocurrencia de ciertos comportamientos benéficos para la mayoría. Un liberal tiene que someter su conducta a la tolerancia de los demás criterios y debe estar siempre dispuesto a convivir con lo que no le gusta. Un liberal no *sabe* hacia dónde marcha la humanidad y no se propone, por lo tanto, guiarla a sitio alguno. Ese destino tendrá que forjarlo libremente cada generación de acuerdo con lo que en cada momento le parezca conveniente hacer.

Al margen de las advertencias y actitudes anteriormente consignadas, una definición de los rasgos que perfilan la cosmovisión liberal debe comenzar por una referencia al *constitucionalismo*. En efecto, John Locke, a quien pudiéramos calificar como «padre del liberalismo político», tras contemplar los desastres de Inglaterra a finales del siglo XVII, cuando la autoridad real británica absoluta entró en su crisis definitiva, dedujo que, para evitar las guerras civiles, la dictadura de los tiranos, o los excesos de la soberanía popular, era conveniente fragmentar la autoridad en diversos «poderes», además de depositar la legitimidad de gobernantes y gobernados en un texto constitucional que salvaguardara los derechos inalienables de las personas, dando lugar a lo que luego se llamaría un Estado de Derecho. Es decir, una sociedad racionalmente organizada, que dirime pacíficamente sus conflictos mediante leyes imparciales que en ningún caso pueden conculcar los derechos fundamentales de los individuos. Y no andaba descaminado el padre Locke: la experiencia ha demostrado que las veinticinco sociedades más prósperas y felices del planeta son, precisamente, aquellas que han conseguido congregarse en torno a constituciones que presiden todos los actos de la comunidad y garantizan la trasmisión organizada y legítima de la autoridad mediante consultas democráticas.

Otro liberal inglés, Adam Smith, un siglo más tarde, siguió el mismo camino deductivo para inferir su predilección por el mercado. ¿Cómo era posible, sin que nadie lo coordinara, que las panaderías de Londres —entonces el 80 % del gasto familiar se dedicaba a pan— supiesen cuánto pan producir, de manera que no se horneara ni más ni menos harina de trigo que la necesaria para no perder ventas o para no llenar los anaqueles de inservible pan viejo? ¿Cómo se establecían precios más o menos uniformes para tan necesario alimento sin la mediación de la autoridad? ¿Por qué los panaderos, en defensa de sus intereses egoístas, no subían el precio del pan ilimitadamente y se aprovechaban de la perentoria necesidad de alimentarse que tenía la clientela?

Todo eso lo explicaba el mercado. El mercado era un sistema autónomo de producir bienes y servicios, no controlado por nadie, que generaba un orden económico espontáneo, impulsado por la búsqueda del beneficio personal, pero autorregulado por un cierto equilibrio natural provocado por las relaciones de conveniencia surgidas de las transacciones entre la oferta y la demanda. Los precios, a su vez, constituían un modo de información. Los precios no eran «justos» o «injustos», simplemente, eran el lenguaje con que funcionaba ese delicado sistema, múltiple y mutante, con arreglo a los imponderables deseos, necesidades e informaciones que mutua e incesantemente se trasmitían los consumidores y productores. Ahí radicaba el secreto y la fuerza de la economía capitalista: en el mercado. Y mientras menos interfirieran en él los poderes públicos, mejor funcionaría, puesto que cada interferencia, cada manipulación de los precios, creaba una distorsión, por pequeña que fuera, que afectaba a todos los aspectos de la economía.

Otro de los principios básicos que aúnan a los liberales es el respeto por la propiedad privada. Actitud que no se deriva de una concepción dogmática contraria a la solidaridad —como suelen afirmar los adversarios del liberalismo—, sino de otra observación extraída de la realidad y de disquisiciones asentadas en la ética: al margen de la manifiesta superioridad para producir bienes y servicios que se da en el capitalismo cuando se le contrasta con el socialismo, donde no hay propiedad privada no existen las libertades individuales, pues todos estamos en manos de un Estado que nos dispensa y administra arbitrariamente los medios para que subsistamos —o perezcamos—. El derecho a la propiedad privada, por otra parte, como no se cansó de escribir Murray N. Rothbard —siguiendo de cerca el pensamiento de Locke—, se apoyaba en un fundamento moral incontestable: si todo hombre, por el hecho de serlo, nacía libre, y si era libre y dueño de su persona para hacer con su vida lo que deseara, la riqueza que creara con su trabajo le pertenecía a él y a ningún otro.

¿En qué más creen los liberales? Obviamente, en el valor básico que le da nombre y sentido al grupo: la libertad individual. Libertad que se puede definir como un modo de relación con los demás en el que la persona puede tomar la mayor parte de las decisiones que afectan su vida dentro de las limitaciones que dicta la realidad. Le toca a ella decidir las creencias que asume o rechaza, el lugar en el que quiere vivir, el trabajo o la profesión que desea ejercer, el círculo de sus amistades y afectos, los bienes que adquiere o que enajena, el «estilo» que desea darle a su vida y —por supuesto— la participación directa o indirecta en el manejo de eso a lo que se llama «la cosa pública».

Esa libertad individual está —claro— indisolublemente ligada a la responsabilidad individual. Un buen liberal sabe exigir sus derechos, pero no rehúye sus deberes, pues admite que se trata de las dos caras de la misma moneda. Los asume plenamente, pues entiende que sólo pueden ser libres las sociedades que saben ser responsables, convicción que debe ir mucho más allá de una hermosa petición de principios.

¿Qué otros elementos liberales, realmente fundamentales, habría que añadir a este breve inventario? Pocas cosas, pero acaso muy relevantes: un buen liberal tendrá perfectamente clara cuál debe ser su relación con el poder. Es él, como ciudadano, quien manda, y es el gobierno quien obedece. Es él quien vigila, y es el gobierno quien resulta vigilado. Los funcionarios, electos o designados —da exactamente igual—, se pagan con el erario público, lo que automáticamente los convierte —o los debiera convertir— en *servidores públicos* sujetos al implacable escrutinio de los medios de comunicación, y a la auditoría constante de las instituciones pertinentes.

Por último, la experiencia demuestra que es mejor fragmentar la autoridad, para que quienes tomen decisiones que afecten a la comunidad estén más cerca de los que se vean afectados por esas acciones. Esa proximidad suele traducirse en mejores formas de gobierno. De ahí la predilección liberal por el parlamentarismo, el federalismo o la representación proporcional, y de ahí el peso decisivo que el liberal defiende para las ciudades o municipios. De lo que se trata es de que los poderes públicos no sean más que los necesarios, y que la rendición de cuentas sea mucho más sencilla y transparente.

¿Qué creen, en suma, los liberales? Vale la pena concretarlo ahora de manera sintética. Los liberales sostenemos siete creencias fundamentales extraídas, insisto, de la experiencia, y todas ellas pueden recitarse casi con la cadencia de una oración laica:

• Creemos en la libertad y la responsabilidad individuales como valor supremo de la comunidad.

• Creemos en la propiedad privada, para que ambas —libertad y responsabilidad— puedan ser realmente ejercidas.

• Creemos en la convivencia dentro de un Estado de Derecho regido por una Constitución que salvaguarde los derechos inalienables de la persona.

• Creemos en que el mercado —un mercado abierto a la competencia y sin controles de precios— es la forma más eficaz de realizar las transacciones económicas.

• Creemos en la supremacía de una sociedad civil formada por ciudadanos, no por súbditos, que voluntaria y libremente segrega cierto tipo de Estado para su disfrute y beneficio, y no al revés.

• Creemos en la democracia representativa como método para la toma de decisiones colectivas.

• Creemos en que el gobierno —mientras menos, mejor—, siempre compuesto por servidores públicos, totalmente obedientes a las leyes, debe estar sujeto a la inspección constante de los ciudadanos.

Quien suscriba estos siete criterios es un liberal. Se puede ser un convencido militante de la Escuela austriaca fundada por Carl Menger; se puede ser ilusionadamente *monetarista*, como Milton Friedman, o *institucionalista*, como Ronald Coase y Douglas North; se puede ser *culturalista*, como Gary Becker y Larry Harrison; se puede creer en la conveniencia de suprimir los «bancos de emisión», como Hayek, o predicar la vuelta al patrón oro, como prescribía Mises; se puede pensar, como los peruanos Enrique Ghersi o Álvaro Vargas Llosa, *neorrusonianos* sin advertirlo, en que cualquier forma de instrucción pública puede llegar a ser contraria a los intereses de los individuos; o se puede poner el acento en la labor fiscalizadora de la «acción pública», como han hecho James Buchanan y sus discípulos, pero esas escuelas y criterios sólo constituyen los matices y las opiniones de un permanente debate que existe en el seno del liberalismo, no la sustancia de un pensamiento liberal muy rico, complejo y variado, con varios siglos de existencia constantemente enriquecida, ideario que se fundamenta en la ética, la filosofía, el derecho y —naturalmente— en la economía. Lo básico, lo que define y unifica a los liberales, más allá de las enjundiosas polémicas que pueden contemplarse o escucharse en diversas escuelas, seminarios o ilustres cenáculos del prestigio de la *Sociedad Mont Pélerin*, son esas siete creencias antes consignadas. Ahora conviene examinar cómo encaja esta cosmovisión liberal, necesariamente universal y llena de generalizaciones, en el mundo real de los nicaragüenses.

La tarea intangible: derrotar tres fantasmas

Como debe ser previsible, mi conocimiento de la historia nicaragüense es muy limitado, pero algunos hechos notorios acaso permitan aventurar ciertas observaciones. Por ejemplo, parece evidente que Nicaragua arrastra ciertos problemas que tienen su origen en el pasado. Y uno de ellos es el de la trasmisión pacífica de la autoridad con arreglo a la ley. Desde el fusilamiento del primer jefe de Estado, don Manuel Antonio de la Cerda, ejecutado en 1829 por su muy inquieto vice, don Juan Argüello, hasta la irrupción mercenaria de William Walker en 1855; y luego, desde el establecimiento de la dictadura ilustrada de Zelaya en 1893, que puso fin al más brillante período de la historia nicaragüense —los treinta años de gobiernos conservadores—, hasta la emocionante victoria de Violeta Chamorro en 1990 —un siglo más tarde—, la historia política de Nicaragua está poblada de arbitrariedades, pucherazos, actos de fuerza contrarios a la ley, asesinatos y violaciones de los derechos humanos.

No todos los gobernantes fueron igualmente impopulares, ni siempre prevaleció la ilegitimidad parcial o total, pero no hay duda de que esta sociedad, hasta hace muy poco, no había resuelto —si es que ya lo solucionó— una forma democrática de sucesión política universalmente acatada. Lo que existía —pese a los cuarenta años de impuesta *pax* somocista— era el culto por la rebelión heroica como fórmula de reemplazo de la elite dominante. Lo que existía era el amor por la revolución y la veneración por la violencia no exenta de heroísmo y voluntad de sacrificio.

La segunda constante que salta a la vista es la proximidad política de Estados Unidos y su notable influencia en la historia nicaragüense, a lo que me gustaría añadir cierto matiz: la frecuente utilización estratégica del peso de los poderes imperiales para solucionar los asuntos domésticos en beneficio de una de las partes en conflicto. La verdad es que muy difícilmente hubieran llegado a estas tierras el *filibustero* William Walker y su guardia de hierro compuesta por exiliados cubanos, si los liberales de Granada no los hubieran convocado. Asimismo, es difícil pensar en las intervenciones norteamericanas de 1912, o en la de 1926, si no hubieran comparecido unos listísimos criollos que las solicitaran con cierta vehemencia y una enorme capacidad para la intriga política. Y no estoy negando la existencia de espasmos imperiales en Washington que contribuyeron al desembarco de los marines en Nicaragua, estoy diciendo que los nicaragüenses no fueron sujetos pasivos de estas intervenciones, sino sus hábiles gestores, sus no tan secretos inductores, fenómeno, por cierto, no muy diferente a otros episodios similares ocurridos en el Caribe.

No obstante, esa capacidad para la manipulación de los poderosos no se limitó a atraer a los norteamericanos al reñidero nicaragüense. Tras la derrota de Somoza, los soviéticos tampoco pudieron escapar al destino implacable que padece todo poder imperial que se deja sonsacar por los cantos de sirena que resuenan en el Caribe: ser saqueado y utilizado hasta el cansancio por las fuerzas políticas locales. A todos les ha sucedido lo mismo: a España, a Holanda, a Inglaterra, a Estados Unidos. De manera que, si bien en nuestros días es posible presentar a los nicaragüenses como pobres marionetas dolorosamente enfrentadas en el desaparecido teatro de la guerra fría —sandinistas versus «contras»—, también es razonable asomarse desde otra perspectiva: la de quien ve a los hábiles nicaragüenses reclutando a no muy bien prevenidos soviéticos y norteamericanos para defender intereses y cuotas de poder particulares. Entiendo que la mayor parte de los analistas y medios de comunicación hoy sitúan a los nicas en el bando de las víctimas y a los imperios en el de los victimarios, pero no estoy seguro de que ésa será la conclusión cuando pasen los años y otros ojos menos ingenuos repasen esta fatigada historia de buenos y malos, de supuestos ángeles y supuestos canallas.

Por último, la tercera y acaso más abultada constante en la historia nicaragüense es el desmedido y creciente peso de los cuarteles en los asuntos públicos. Es cierto que en el siglo pasado las querellas tuvieron un origen regionalista —Granada contra León—, o de banderías políticas —liberales contra conservadores—, pero para un ojo poco acostumbrado a sutilezas históricas locales —como es el mío—, resulta obvio que a lo largo del siglo XX, paulatinamente, la institución armada ha ido cobrando un protagonismo autónomo que trasciende las ideologías y que acaso los sandinistas condujeron hasta sus últimas y peores consecuencias.

¿Adónde nos llevan estas tres urgentes observaciones? Nos llevan a la afirmación rotunda de que Nicaragua necesita con extrema urgencia una cura verdaderamente liberal capaz de exorcizar esos viejos fantasmas históricos que tanto daño le han hecho al país, y no sería un despropósito del gobierno de Alemán plantearse como primer gran objetivo desterrar para siempre de la convivencia nicaragüense estos comportamientos, entre otras razones, porque si ello no se lleva a cabo, difícilmente Nicaragua algún día llegará a ser una nación próspera y moderna.

Una cura liberal

En efecto, si algo sobre el desarrollo sabemos hoy con alguna certeza, es que no resulta posible crecer de manera sostenida en el orden económico si no se dispone de un sólido Estado de Derecho en el que las leyes se cumplan, los tribunales funcionen, y esté garantizada la trasmisión pacífica de la autoridad en comicios democráticos. ¿De qué le valió a Nicaragua, por ejemplo, crecer anualmente al ocho y al nueve por ciento en la década de los setenta, si luego el desplome del somocismo arrastró cuesta abajo al país de un per cápita de casi mil dólares a los trescientos y tantos que hoy posee? ¿Cómo extrañarse de que hoy los capitales no acudan a Nicaragua o —incluso— de que muchos nicaragüenses radicados en el exterior no regresen a invertir al país en el que seguramente les gustaría vivir? Muy sencillo: no quieren arriesgar innecesariamente lo que, en muchos casos, tanto esfuerzo les ha costado conseguir. La incertidumbre creada por la inseguridad del sistema los desalienta a todos. En el mundo hay una enorme cantidad de capitales dispuestos a ser invertidos allí donde la tasa de beneficios sea razonable, pero la condición irrenunciable para atraerlos es la seguridad jurídica y la transparencia de las reglas.

De manera que un gobierno liberal, sabedor de estas cosas, comenzará su tarea por consolidar pacientemente el Estado de Derecho, poniendo especial énfasis en el fortalecimiento de un ágil poder judicial capaz de dictar sentencias justas que, además, se cumplan a rajatabla, pues, de lo contrario, se multiplican los incentivos para que la ciudadanía viole las leyes e ignore los reglamentos.

Por la misma regla, es fundamental que ese Estado de Derecho garantice la propiedad privada, resuelva los litigios pendientes, y otorgue títulos claros de propiedad, inapelablemente consignados en un registro oficial inviolable y de fácil consulta. Si la propiedad no está garantizada, como ya se ha dicho, las inversiones serán mínimas, y —lo que resulta igualmente grave— quienes defectuosamente la posean no tendrán acceso al crédito. Por el contrario, si se consigue registrar debidamente toda la propiedad privada, decenas de miles de personas se convertirán automáticamente en capitalistas potenciales, con un patrimonio que defender —factor que suele moderar los comportamientos— y un interés directo en sostener el Estado de Derecho. No debe olvidarse que el verdadero liberal aspira a una sociedad en la que predomine el capitalismo popular, y en la que la propiedad privada esté ampliamente difundida para beneficio de las mayorías y para la estabilidad general del sistema.

En cuanto a la abrumadora presencia de Estados Unidos en la historia de Nicaragua, un gobierno liberal inteligente, en lugar de perder el tiempo en inútiles lamentos, o en convocar a Washington para solucionar las querellas locales, debe plantearse como objetivo prioritario la utilización de esos viejos vínculos para superar numerosos obstáculos actuales, para lo cual hoy cuenta con un paradójico legado de la época sandinista: la existencia en Estados Unidos de medio millón de nicaragüenses, la mayor parte de ellos creativos y trabajadores, emigrados que muy bien pueden convertirse en una fuente de poder político y económico que opere en favor de la sociedad nicaragüense.

En efecto, la política nicaragüense más astuta con relación a Estados Unidos no puede seguir siendo la de utilizar el peso de Washington para aplastar a unos enemigos locales presentes o futuros, sino la de servirse de las oportunidades únicas que esta nación les brinda a los inmigrantes para defender los intereses de sus lugares de procedencia étnica, como sucede con los norteamericanos de origen irlandés, cubano, judío o africano.

Pero si la creación o el perfeccionamiento de un *lobby* político nicaragüense en Estados Unidos es importante por las ventajas legislativas y comerciales que se podrían derivar para Nicaragua, mucho más decisivo puede ser la conversión de esas comunidades nicas que hoy existen en Estados Unidos en una correa de transmisión dedicada a acercar el inmenso mercado norteamericano a los productores nicaragüenses, de manera que se multipliquen exponencialmente las raquíticas exportaciones de hoy.

Naturalmente, ni es fácil ni está garantizado el éxito —el mercado y la competencia siempre son riesgosos—, pero no parece irracional que los nicas del istmo, asociados a los nicas de la emigración —que han demostrado una gran pujanza empresarial—, por ejemplo, puedan crear en Estados Unidos, mediante el sistema de franquicias, cadenas de fruterías y florerías que absorban de manera creciente la producción local. Como tampoco es absurdo —por la misma vía de las franquicias—, aprovechando el ímpetu actual del paladar étnico norteamericano, acreditar en Estados Unidos la deliciosa cocina popular nicaragüense, como ha sucedido con la cocina Tex-Mex de los chicanos. Un dato basta para probar lo que estoy diciendo: la facturación en Estados Unidos de una sola compañía dedicada a la distribución de alimentos latinoamericanos —Goya—, *duplica* las exportaciones actuales de Nicaragua.

Nicaragua, por ahora, no puede plantearse la exportación de complejos bienes industriales, pero si Israel, que es casi un desierto, exporta enormes cantidades de mangos a Europa, y si Holanda, con una carísima mano de obra, exporta millones de dólares en flores a todo el mundo, o Nueva Zelanda, en las antípodas del planeta, hace lo mismo con sus jugosos kiwis, los nicas, con la ventaja comparativa de sus peculiares relaciones con Estados Unidos, con su tierra feraz, sus microclimas, su gente laboriosa, y el bajo costo —por lo menos inicialmente— de sus trabajadores, puede plantearse una estrategia de exportaciones agropecuarias que, combinada con otros elementos, pudiera comenzar a sacar al país de la pobreza secular en que ha vivido. No tiene sentido, pues, esperar pacientemente el día lejano en que Nicaragua pueda incorporarse al *Tratado de Libre Comercio*. Eso se puede hacer ya, de *facto*, instrumentando debidamente los vínculos potenciales que hoy unen a Nicaragua con Estados Unidos.

El tercer fantasma que un gobierno liberal nicaragüense deberá enfrentar es el ejército y su papel dentro de un Estado democrático, institución que hasta 1979 estuvo al servicio de una familia —como era propio de las dictaduras caudillistas tradicionales latinoamericanas—, durante el sandinismo —dirigido por los rebeldes triunfadores— se colocó al servicio de un partido —como corresponde a la visión leninista—, y hoy parece estar al servicio de sí mismo. Modelo de actuación, por demás, que no es ajeno a cierto tipo de ideología castrense centroamericana que también, parcialmente, puede observarse en Honduras, Guatemala y hasta en la Cuba del tardocastrismo postsoviético.

Dentro de esta política militar, la jefatura de las fuerzas armadas define lo que constituye la «seguridad nacional», no acepta su subordinación total al poder civil y, lo que resulta igualmente grave, se convierte en un agente económico independiente que posee industrias y empresas con las que parcialmente sufraga los gastos de gestión del propio aparato militar, circunstancia que duplica el peso de la cúpula castrense. De un lado los militares controlan las armas de la república, mientras por el otro se erigen en un poder económico autónomo que, por su propia naturaleza, distorsiona el mercado y contribuye al empobrecimiento general de los nicaragüenses, aunque pueda aliviar las necesidades presupuestarias del ejército.

Naturalmente, no estoy abogando por la disolución de las fuerzas armadas nicaragüenses —algo impensable dado el grado de violencia rural que sufre el país—, sino por su colocación definitiva dentro del esquema institucional y bajo la completa autoridad civil. No puede haber un verdadero Estado de Derecho en el que una institución se sitúe fuera del imperio de la ley. Y no puede haber una verdadera economía de mercado si uno de los agentes económicos tiene, además, el monopolio de la fuerza y —por lo tanto— la capacidad real de ignorar las sentencias de los tribunales. Asimismo, esa doble economía de un organismo que se sirve de los presupuestos generales del Estado para imputar ciertos gastos, mientras realiza actividades empresariales encaminadas a la búsqueda de beneficios, sólo puede reportarle a la sociedad unos costos y unas pérdidas invariablemente maquilladas en los libros de contabilidad.

En 1990, cuando se salía de una feroz guerra, aunque no fuera legítimo, resultaba humanamente entendible que la jefatura del ejército, derrotada en las urnas, tuviera miedo de las represalias de los triunfadores y buscara alguna suerte de protección, pero en nuestros días, aunque hay que reconocer la reducción sustancial de sus efectivos llevada a cabo en los seis años de doña Violeta, ni se justifica ni se entiende que el aparato militar no se subordine a la sociedad civil y acepte de una vez que su única función es obedecer las leyes de acuerdo con las instrucciones de los representantes del pueblo. Si esto no ocurre, no hay duda de que esas fuerzas armadas se constituirán no en el guardián de la democracia y sus instituciones —función que desempeñan en todos los países prósperos del mundo— sino en un elemento contrario, tanto al arraigo de la libertad, como al despegue económico de los nicas.

Las tareas tangibles de los liberales

Demos por sentado que un gobierno liberal, serio y responsable, además de negociar con las grandes entidades bancarias o con gobiernos amigos capaces de financiar grandes obras, como meta general se propone eliminar para siempre esos tres fantasmas históricos antes consignados, y construye, efectivamente, las bases de un Estado de Derecho, cambia la naturaleza de las problemáticas relaciones que tradicionalmente Nicaragua ha tenido con Estados Unidos, y consigue supeditar las fuerzas armadas a la autoridad civil, alejándolas, además, de las actividades económicas, pues no es ésa la función que deben desempeñar los militares en los estados modernos y desarrollados.

No hay duda de que si tal cosa se lograra sería magnífico para los nicaragüenses, pero esa contribución a la felicidad colectiva apenas sería advertida por una población en la que hay un 60% de desempleados, y en la que las necesidades más perentorias son un puesto de trabajo, alimentación, vestido, medicinas, agua potable, y un techo razonablemente digno.

¿Qué sabemos los liberales sobre cómo se logran alcanzar esos objetivos? Afortunadamente, en las últimas décadas la humanidad ha tenido una oportunidad única en la historia escrita de la especie: ver cómo ciertos pueblos en el plazo de dos generaciones —atribuyéndole quince años a cada una, como preconizaba Ortega y Gasset— saltaban de la miseria a la prosperidad. Y los economistas, con todo interés, han estudiado la carpintería interior de ese fenómeno hasta llegar a algunas observaciones de aplicación universal.

¿Cómo lo han hecho estos pueblos triunfadores? Naturalmente, y en primer lugar, conservando la paz. No es muy difícil comprender que los sobresaltos y los destrozos de la guerra destruyen las riquezas, ahuyentan el capital e imposibilitan el desarrollo. El desorden, sencillamente, está reñido con el enriquecimiento de los pueblos. Pero al margen de aceptar esa verdad de Perogrullo, los gobiernos han tenido que dictar varias políticas de carácter económico también extraordinariamente fáciles de comprender:

• La sociedad tiene que tener una moneda estable y libremente convertible con la cual realizar sus transacciones, lo que obliga a proponer un presupuesto fiscalmente equilibrado que dificulte la inflación y la consiguiente devaluación.

• El mercado debe estar abierto a la competencia interna y externa para que aumente la productividad.

• El gasto público tiene que ser mínimo para que las empresas y las personas puedan ahorrar e invertir. Si para hacerles frente a gastos públicos elevados la tasa de impuestos es alta, el desarrollo sólo podrá lograrse importando capitales, y no se conoce un solo caso de un país que haya salido del atraso con la inversión extranjera.

• El desarrollo tiene que hacerse fomentando el ahorro y la inversión nacionales. La inversión extranjera es un complemento, no el factor principal del desarrollo.

• Al mismo tiempo, el gobierno tiene que contar con una administración competente, honrada y totalmente transparente, en la cual los contratos se asignen mediante concursos limpios y no por clientelismo o corrupción.

- Esa administración, además, tiene que mantener contactos fluidos con el mundo empresarial y con el mundo académico para que circule la información pertinente de carácter técnico y científico, y para que exista una mínima coordinación entre los objetivos de los diferentes estamentos de la sociedad vinculados a la producción y al consumo.

Por otra parte, el Estado —un Estado que no intenta controlar los precios, porque sabe que es inevitablemente contraproducente— debe mantenerse al margen de la producción de bienes, y sólo debe proporcionar los servicios indispensables que la empresa privada no suministre. Eso sí: los servicios que el Estado preste —fundamentalmente administración de justicia, seguridad ciudadana, educación y atención médica indispensable— deben alcanzar un respetable grado de eficiencia.

La conclusión que puede extraerse de esta breve lista es bastante obvia: en una sociedad orientada por una concepción liberal de las relaciones humanas, el papel del gobierno no es decirles a las personas lo que deben hacer, y mucho menos poner cortapisas innecesarias que limiten sus impulsos creativos, sino establecer las reglas indispensables para que los individuos, solos o agrupados, descubran por su cuenta las infinitas oportunidades de superación que ofrece el mercado, oportunidades que ningún gobierno es capaz de ver o —mucho menos— prever. Ese mismo gobierno liberal, conocedor de su rol y de sus limitaciones, sin olvidar los contactos y pactos con las grandes instituciones de crédito del mundo, también debe dedicar sus energías a estimular las mejores condiciones para el surgimiento espontáneo de empresas de todo tipo y tamaño, poniendo un énfasis especial en las microempresas de carácter familiar, unidades de producción muy adecuadas para un país de las características de Nicaragua en esta etapa de su desenvolvimiento económico.

Predeciblemente, esa convicción nos lleva de la mano a otro hallazgo incontestable de los analistas modernos: si son los individuos —insertados en el sistema adecuado— quienes crean la riqueza, a todos nos conviene la inversión en capital humano, es decir, la inversión en la formación de personas capaces de crear riquezas con su trabajo incesante. De ahí otra de las recomendaciones fundamentales para cualquier gobierno liberal empeñado en el desarrollo de la sociedad: hay que instruir y educar de la mejor manera posible a los niños y niñas, poniendo el énfasis en los primeros grados, para que luego sean capaces de aprender diferentes disciplinas a lo largo de toda la vida.

Es algo que no debe ofrecer dificultades de comprensión: vivimos en una civilización cuyo signo más evidente es el cambio, y lo determinante no es el conocimiento enciclopédico convencional —estático por definición—, sino preparar ciudadanos que puedan dominar diversos quehaceres a lo largo de una vida que, sin duda, les deparará escenarios profesionales cambiantes. Quien no lee y escribe con soltura, quien no es capaz de seguir instrucciones escritas complejas, quien no se puede comunicar verbal y mecánicamente con eficacia, no es apto para el desarrollo contemporáneo. Por lo tanto, la primera apuesta educativa liberal es ésa: dotar a la sociedad de una buena instrucción básica basada en la premisa de la necesidad del aprendizaje continuo. Instrucción de la que no puede excluirse, por supuesto, la persuasiva explicación sobre cómo funciona el Estado de Derecho en las sociedades democráticas, y cómo en ellas se crea o se destruye la riqueza. Al mismo tiempo, además de *instruir*, los pedagogos deben *educar*, esto es, deben dotar a los estudiantes de ciertos valores abrumadoramente presentes en las sociedades exitosas: la voluntad de alcanzar la excelencia, la seriedad en los compromisos, la disciplina, el orden, el respeto a las jerarquías legítimas, la puntualidad, etcétera.

Naturalmente, si la prosperidad de los pueblos requiere, fundamentalmente, capital humano, y si los liberales se imponen la tarea de fomentarlo, otra de las medidas que se debe implementar sin demora es la adquisición inmediata y sin costo de capital humano, mediante el limpio y muy económico expediente de atraer inmigración calificada.

Una simple mirada a las comunidades de extranjeros radicados en América nos demuestra cuan benéficas han sido esas migraciones: los japoneses de Brasil y Perú, los libaneses y judíos asentados en todas partes, los italianos que le dieron la vuelta a la historia argentina, los gallegos, canarios y asturianos que en la primera mitad del siglo colocaron a Cuba entre los países más desarrollados de Latinoamérica, los laboriosos chinos, los republicanos españoles que tanto hicieron por el desarrollo intelectual de México. Hay mil ejemplos y todos apuntan en la misma dirección: el mejor «negocio» que puede hacer una sociedad es importar capital humano. Invitar extranjeros que ni siquiera tienen que traer grandes recursos económicos, porque lo que se intenta es que aporten sus conocimientos —y especialmente— la laboriosa actitud que suelen traer en su escaso equipaje.

Y no se trata, desde luego, de que los nacionales no sean capaces de trabajar con ahínco, sino de que los inmigrantes portan un fuego especial, un arrollador ímpetu laboral que se comprueba, por ejemplo, cuando los propios nicaragüenses viajan al exterior y ahí realizan verdaderas hazañas que por mil razones sociales y hasta sicológicas no habían llevado a cabo en su patria de origen.

Nicaragua, por descontado, no es el destino soñado por los presuntos inmigrantes del planeta, pero los conflictos, por una vez, pueden jugar en beneficio de los nicaragüenses. De España, por ejemplo, donde la tasa de desempleo es de un 24 %, no parece imposible —incluso con la colaboración del gobierno español— atraer artesanos del cuero y la madera, técnicos en artes gráficas, especialistas en la industria láctea, textileros, y un sinfín de profesionales y obreros altamente especializados capaces de prestar toda su energía a la creación de riquezas. De Cuba —otro ejemplo—, donde la loca y arbitraria asignación de recursos del gobierno comunista ha creado un infinito ejército de buenos profesionales irremediable y permanentemente desocupados, es probable atraer todos los médicos, ingenieros o maestros que Nicaragua necesite, gentes que con seguridad estarían gustosamente dispuestas a trasladarse a Centroamérica —o a donde fuere—, pues la pobreza nicaragüense tiene un componente de esperanza y libertad que no posee la cubana en virtud del absurdo sistema impuesto en la isla contra el sentido común. Y esa misma lógica, esa misma política migratoria, puede aplicarse a los habitantes de Hong Kong, severamente preocupados por el cambio de soberanía, a los serbios, bosnios y croatas desplazados por la reciente carnicería yugoslava, o a muchos de aquellos valiosos ciudadanos de lo que fue la Europa comunista del Este, y que hoy no alcanzan a ocupar un lugar decente bajo el sol en los países en los que nacieron.

Otras tareas liberales

Al margen de esa deliberada importación de capital humano por vía de la inmigración, hay otro tipo de contribución exterior que puede llegar a Nicaragua de manera sustancial, y para la cual ya existe cierta experiencia: la ayuda humanitaria. Pero no sólo la ayuda humanitaria de gobierno a gobierno —de la que los nicaragüenses han recibido sumas considerables—, sino la ayuda oficial y privada suministrada por entidades del llamado Primer Mundo, tales como alcaldías, gobiernos regionales, colegios profesionales, cámaras de comercio, asociaciones de empresarios, iglesias, sindicatos, organismos internacionales, fundaciones y toda una larguísima clase de donantes potenciales.

Cada vez se populariza más en Europa, Estados Unidos y Japón la decisión de dedicar el 0.7 % de los presupuestos a la ayuda para el desarrollo en los países pobres, porcentaje que puede alcanzar unas dimensiones inimaginables para una nación de las características de Nicaragua. Lo prudente, entonces, es organizar la caridad internacional de una manera honesta y coherente, haciendo coincidir los objetivos generales de la sociedad con la ayuda que se solicita, sosteniendo, además, la firme decisión de sólo recabar ese tipo de solidaridad mientras el país, realmente, no pueda generar el capital que necesita para su desarrollo autónomo, pues el objetivo de una sociedad sana no puede ser el de convertirse permanentemente en receptora de ayuda. Lo correcto es aspirar a ser de los que dan, no de los que piden.

Sin embargo, es bueno comprender que pedir, en los tiempos que corren, es todo un complejo arte burocrático que los estados pobres tienen que saber dominar. Y la primera tarea consiste en identificar y jerarquizar con claridad cuáles son las necesidades del país, así como la lista de posibles donantes. Pongamos varios ejemplos para descender al terreno de los problemas concretos: si un gobierno liberal se propone consolidar el Estado de Derecho, no hay duda de que —entre otras cien acciones importantes— necesitará agilizar la justicia, formar jueces, organizar registros computarizados, educar funcionarios, construir juzgados y cárceles, divulgar información, convocar seminarios y un largo etcétera. ¿Dónde buscar ayuda para cada una de esas acciones sin recurrir a la clásica y muy laboriosa petición a los gobiernos poderosos? Un posible pequeño donante —entre varios centenares— pudieran ser los colegios profesionales de abogados. Sólo el de una ciudad española, Madrid, destina aproximadamente doscientos mil dólares anuales a contribuciones de este tipo en América Latina. Piénsese en las demás capitales de España y del resto de Europa. Piénsese en las asociaciones de abogados de Estados Unidos.

España, que cuenta con una población tremendamente generosa, muy interesada en América Latina, puede ser una gran fuente de ayuda. Si un gobierno liberal nicaragüense,

convoca por su origen regional español a ciertos nicas honorables, y organiza asociaciones vasco-nicaragüense, catala-
no-nicaragüense, canario-nicaragüense, gallego-nicaragüen-
se, andaluz-nicaragüense, y así hasta cada una de las
diecisiete autonomías, tiene a su alcance proponer todo géne-
ro de proyectos a los gobiernos regionales de España: desde
la reconstrucción vial, hasta el remozamiento de las zonas
coloniales, desde la creación de una escuela hotelera —en la
que son maestros los españoles— hasta la donación masiva
de libros para las bibliotecas, con la certeza de que encontra-
rá las mayores simpatías en la península.

Además, existe la posibilidad de acceder a las ayudas pro-
vinciales y municipales. De las cinco mil ciudades y pueblos
de España, por lo menos doscientos son capaces de ayudar a
solucionar problemas concretos de una cierta entidad como,
por ejemplo, sostener consultorios médicos elementales o pequeñas aulas escolares distribuidos por todo el país. No se les
puede pedir, naturalmente, que sufraguen el presupuesto sa-
nitario de la nación, pero sí que «adopten» un aula o un centro médico urbano o rural para atender las inmensas necesidades de la población.

Si la petición es razonable, y si se formula coherentemen-
te, no hay una sola necesidad nicaragüense para la que no
exista en el planeta una mano dispuesta a ayudar. Las cámaras de comercio del mundo desarrollado, y las asociaciones de
empresarios, pueden contribuir a crear un empresariado di-
námico y moderno, o pueden facilitar la incorporación provi-
sional de jóvenes ejecutivos nicas en las grandes empresas,
para que aprendan las normas de la producción y la administración modernas. Las universidades —en Estados Unidos
hay cuatro mil— pueden becar nicas potencialmente talento-
sos. Los grandes centros de salud tampoco son sordos a esta
clase de peticiones. Algunos países —Israel y Noruega a la cabeza— cuentan con decenas de programas especializados en
la colaboración con el Tercer Mundo.

No es este libro el lugar para detallar las exhaustivas posibilidades que hoy ofrece la colaboración internacional a países que saben aprovecharla, pero no me cabe duda de que una democracia emergente como la nicaragüense, surgida de una atroz guerra fratricida que conmovió al mundo, tiene grandes posibilidades de recibir la solidaridad internacional de forma masiva. Y ésta es una labor perfectamente adecuada para los fines de un gobierno liberal que enseguida va a ser juzgado por la sociedad, y especialmente por una oposición que se encargará de acusar constantemente a la nueva administración de no «hacer» lo suficiente por el pueblo, ignorando que para «hacer» hay que tener recursos propios o traerlos de afuera.

Por último, es muy importante que ese gobierno liberal que hoy gobierna mantenga una política clara y constante de información y de formación. Esto es, que explique a cada paso, sistemáticamente, por qué hace o no hace ciertas cosas, por qué toma o no toma ciertas medidas.

Como queda dicho hace algunas páginas, las naciones más prósperas y felices del planeta se guían por un modelo fundamentalmente liberal —y por eso son prósperas y felices— pero no hay apotegma más falso y engañoso que ése que afirma que «el buen paño hasta en el arca se vende». Mentira: la democracia, el constitucionalismo, la libertad política y económica, el Estado de Derecho y el resto de las conquistas liberales, hay que salir a defenderlos todos los días en el terreno de las ideas, porque sus enemigos no descansan. Hay que derrotarlos incansable y permanentemente.

VI

DEMOCRACIA, LIBERALISMO Y SICOLOGÍA

Los liberales panameños, hace algún tiempo, me propusieron dos retos. El primero, que reflexionara con ellos sobre la recuperación de la democracia tras la invasión de 1989. El segundo, que me aventurara a explicar por qué la perdieron. Me parece una tarea meritoria.

Lamentablemente, una de las ceremonias más frecuentes en América Latina consiste en saludar alborozados la recuperación de la democracia. Pero eso sólo quiere decir que, con la misma periodicidad, solemos perderla. En efecto, nuestros pueblos, cada cierto número de años, suelen verse en ese trance. Primero se extingue la democracia. Y luego, tras un gran esfuerzo, un tirano de turno o un grupo de ciudadanos autoritarios tienen que ser desalojados del gobierno por la fuerza, para poder restaurar la libertad y las leyes... mas sólo hasta que otros compatriotas vuelven a echar por tierra nuestras instituciones republicanas.

De estos fracasos espasmódicos de nuestra historia latinoamericana tratan los próximos papeles, de manera que lo que sigue debe tomarse como esas reflexiones melancólicas a las que suelen entregarse los soldados después de la batalla, especialmente si han sido heridos de gravedad. Y no debe haber duda de que en los últimos años todos los panameños han sido heridos de gravedad. Los que ejercieron el poder despóticamente hasta la invasión americana, los que vinieron después y los que hoy ocupan el poder. Todos los panameños han perdido, porque eso, exactamente, es lo que ocurre cuando la sociedad se muestra incapaz de solucionar sus conflictos pacíficamente y queda flotando en la atmósfera un enrarecido olor a fracaso y amargura que no consigue disipar la alegría momentánea del triunfo sobre la tiranía.

Convivencia y conflicto

Reveladoramente, la historia escrita del hombre es, en esencia, la historia de sus conflictos. Por supuesto, también se puede escribir otra historia. La historia, por ejemplo, de la arquitectura o de la vida cotidiana, pero los acontecimientos que siempre nos estremecen, los que nos marcan, son los que tienen que ver con la lucha por el poder. Y a juzgar por los papeles que se conservan, todo empezó en la antigua Grecia, con la *Ilíada*, y desde entonces no ha habido en el planeta otra cosa que tirios y troyanos. Batalla que ya encierra la semilla de todos los conflictos posteriores: quién manda, sobre quién se manda, cómo se manda, cuáles son los límites de la autoridad. Todo eso está en los textos clásicos, y se repite una y otra vez a lo largo de la historia, en todas las latitudes, en todas las culturas, porque parece, como temía Hobbes, que la guerra es el Estado natural de la especie.

¿Por qué ocurre esto? ¿Por qué tenemos siempre que ser tirios y troyanos enfrentados en un campo de batalla? Alguna vez le leí a un sicólogo poco conocido una explicación sobre la naturaleza humana que me pareció iluminadora. Por una mala broma de la memoria —esa fabricante de ingratitudes— no recuerdo su nombre ni el título del libro, pero sí me quedó grabada la esencia de su pensamiento: el ser humano es una criatura condenada todas las horas de su vida a alimentar su propio ego. Una criatura obligada a defender su condición de individuo distinto del resto de sus congéneres. Un ser que posee una clara autopercepción de su diferencia, lo que le esclaviza a sí mismo y le precipita a tener que proteger ese perfil íntimo, esa frontera de su yo siempre amenazado, con acciones que lo distingan del resto de la especie. Todas las horas de vigilia —y quién sabe si algunas de las horas del sueño— están dedicadas a esa extraña tarea de cultivar, blindar y colocar el ego propio entre la muchedumbre amenazante de otros egos que intentan sepultar al individuo en medio de la masa.

Quizás ahí esté la clave de nuestro tenebroso comportamiento. Quizás a partir de esta melancólica observación del sicólogo olvidado podamos explicarnos el origen y la permanente presencia entre nosotros de los conflictos y las guerras, de la violencia que utilizamos para imponer nuestros intereses y nuestros ideales, es decir, las abstractas prolongaciones de nuestro yo personal.

No obstante, ninguna teoría será nunca capaz de explicar satisfactoriamente la conducta de las personas. Y probablemente ninguna hipótesis política podrá responder con toda claridad a las preguntas antes consignadas: cómo mandar, cómo obedecer, cómo establecer los límites de la autoridad, y —sobre todo— cómo evitar que los conflictos deriven en acciones violentas.

Los griegos, que pensaron en casi todo, alguna vez propusieron que mandaran los mejores. Los mejores constituirían eso que se llama la *aristocracia*. Otras veces alegaron que sólo la experiencia podría determinar la jerarquía, y confiaron entonces en los ancianos del grupo: la *gerontocracia*. Ha habido, también, teóricos de la monarquía que suponían que ciertas personas o familias, ungidas por la gracia de Dios, podrían acertadamente dirigir las tribus y los grupos. En nuestros días se estima que es la soberanía popular la entidad que con más tino y legitimidad otorga o elimina el poder.

Pero de lo que se trata, de lo que siempre se ha tratado es de evitar los conflictos, porque esa criatura permanentemente en guerra, siempre insurgida contra el resto de las criaturas, sabe que tiene que ponerle barreras a su propia peligrosidad. Porque se conoce a sí misma a fondo, intuitivamente le teme al yo suelto y revoloteante de sus demás congéneres.

La especie sin frenos

Por supuesto, hay razones para tenernos un profundo miedo. El etólogo Konrad Lawrence alguna vez desarrolló la triste teoría de que el hombre era extraordinariamente peligroso porque carecía de instintos naturales capaces de frenar su agresividad. Casi todos los animales poseen unos mecanismos biológicos insertados en su código genético que les impiden la voracidad destructiva dentro de la propia especie. «Perro no come perro», dice el viejo refrán, pero debió seguir diciendo «hombre sí como hombre». Y no hay más que acercarse al conflicto balcánico para ver en pocos kilómetros cuadrados la tragedia que afecta a los seres humanos desde que Caín sintió el irresistible impulso de hacer prevalecer su ego ante un Jehová arbitrariamente apegado al obsequioso Abel.

Tal vez lo relevante de ese conflicto balcánico sea, precisamente, lo poco que separa a los contendientes y la limitadísima variedad que los enfrenta. Todos son eslavos. Desde hace miles de años conviven —quizás haya que crear el verbo *conmatar* para entendernos mejor—, se casan entre ellos y derivan del mismo tronco cultural, puesto que el islamismo de ciertos bosnios no es más que otra expresión espiritual de la misma tradición semita que dio origen al judeocristianismo. Son los mismos, pero se matan sin conciencia ni límite. Se hacen las peores atrocidades. Mas no son distintos a nosotros. Y lo terrible es que todos somos serbios. Cuando llega el momento todos somos capaces de asesinar al prójimo sin que nos tiemble el pulso o sin sufrir la menor laceración moral.

Alguna vez he escrito, y creo que ahora debo repetirlo, que lo más monstruoso de los campos de exterminio nazis —o de cualquier campo de exterminio— es que los verdugos no son sicópatas que se solazan en el crimen, no son asesinos despiadados, sino personas absolutamente normales que antes de la guerra fueron amables estudiantes, notarios de provincia o farmacéuticos risueños. La dentellada a la yugular del adversario está al alcance de cualquiera.

Como se deduce de estos papeles, los liberales tenemos que ser escépticos. Muy escépticos. Como nos conocemos, no nos hacemos demasiadas ilusiones, y debemos temerles a los conflictos, no por lo que tienen de intrínsecamente negativo, sino porque son capaces de desatar la bestia que yace dormida en el alma de las personas honorables. Rousseau no era un liberal. No puede serlo quien ingenuamente creía que los seres humanos son buenos por naturaleza. El liberal era John Locke, que defendió a través de toda su obra la necesidad de regular las relaciones humanas mediante instituciones de derecho. Ése es un liberal. Ese que cree que sólo sujetando la fiera a la ley escrita, se puede preservar la convivencia. Una sociedad sólo consigue ser libre, tranquila y predecible, si quienes la componen están firmemente atados por normas jurídicas.

Buenos y malos

Hasta aquí llega el preámbulo de estos papeles. Parece una abstracta lección de filosofía política, o más bien de melancolía política, pero sin estos párrafos no se entiende lo que escribo a continuación, quizás para sorpresa de algunos de mis grandes amigos panameños: el mal del norieguismo, expulsado del poder por la invasión norteamericana de diciembre de 1989, y por la previa y heroica resistencia del pueblo panameño, no estaba en ciertos canallas, y ni siquiera en ese personaje detestable llamado Manuel Antonio Noriega. El mal estaba en toda la sociedad panameña. Fue el producto lamentable de errores muy profundos, de valores torcidos y de percepciones equivocadas que yacían en el seno del pueblo.

Como es obvio, yo no soy un experto en la historia ni en la sicología panameñas, pero conozco muy bien cuanto sucede en Cuba y sé que el origen de nuestros pesares no es distinto: los dictadores y las dictaduras nunca caen inopinadamente del cielo. Nos los ganamos a pulso. Y créanme que me es tan ingrato asegurarles a los panameños que este reciente episodio del norieguismo, o del anterior torrijismo, son producto del país, como me resulta ingrato comunicarles a mis ape- sadumbrados compatriotas que el señor Castro no está instalado desde hace varias décadas en el trono dictatorial de Cuba por milagro del destino, sino como resultado de una manera muy especial y muy equivocada que teníamos los cubanos de solucionar nuestros conflictos. Digámoslo con un ejemplo, con una metáfora muy clara, para que nadie se sienta ofendido: ni Noriega ni Castro pudieran haber surgido nunca en la Confederación Helvética. Sólo podían haber sido paridos por la sociedad panameña y por la cubana. Y créanme que esto lo afirmo con una especial carga de tristeza.

¿Cuál es el objeto de este humilde reconocimiento de nuestras propias culpas? Les aseguro que no es un ejercicio de masoquismo, y ni siquiera una expresión de la piedad cristiana. Es algo quizás más útil que todo eso. Tan pronto como somos capaces de admitir que la frontera entre el comportamiento canallesco y el comportamiento civilizado y respetuoso es muy débil, nos resulta mucho más fácil, primero, perdonar, y segundo, entender que la clave de la convivencia democrática permanente, el elemento básico de la estabilidad política y de la continuidad de las instituciones, no está en el castigo a quienes transgreden las normas —aunque sea necesario—, sino en poner todo nuestro empeño en evitar que eso suceda. Esto quiere decir que la gran tarea política de los liberales no es la del que apaga las llamaradas una vez que el fuego se ha extendido, sino la de quien previene y evita los incendios, pues no se protege la democracia castigando severamente a quienes corrompen sus fundamentos, sino blindándola contra las posibles transgresiones. Y ese blindaje, esa armazón, no tiene nada que ver con los mecanismos represivos ni con los policías especializados. No es, tampoco, con ejércitos con lo que se consigue que la democracia sobreviva. Y si hay un pueblo al que eso le resultará muy fácil de comprobar es al pueblo panameño, puesto que sólo tiene que asomarse a la frontera norte para encontrar cómo un pequeño país prácticamente desarmado, como es Costa Rica, ha conseguido vivir dentro de la libertad, la democracia y la tolerancia la casi totalidad de su último siglo republicano. ¿Dónde radica el secreto de la democracia costarricense? Algunos analistas podrán decir que en su carácter de pequeña nación agrícola, aislada en su fértil valle del mundanal ruido; otros podrán atribuirlo a la reforma educativa de finales del siglo XIX, pero la causa más probable apunta hacia un fenómeno tan sutil como difícilmente comprobable: la inmensa mayoría de los ticos parecen estar de acuerdo en querer vivir en un régimen democrático y éstos se muestran dispuestos a acatar las leyes del país. ¿Por qué esa conducta tan atípica en Centroamérica? Pues por algo que hay que subrayar con vehemencia: porque la democracia les ha resultado útil, práctica, conveniente.

Esto es muy importante que lo admitamos los liberales. Los pueblos que defienden la democracia no lo hacen por amor a las abstracciones filosóficas, sino porque la democracia les ha resultado un modelo de relación social fundamentalmente beneficioso. Los costarricenses, pese a todos los problemas que padecen, desde hace un siglo han podido comprobar que el país funciona cada vez mejor. Por supuesto que no han faltado los sobresaltos, las frustraciones y los retrocesos, pero la experiencia acumulada les enseña que el sistema, con todos sus defectos, puede superar los problemas.

Si se analizan los casos de otras democracias exitosas —Suiza, Noruega, Estados Unidos, u otras más recientes como Japón o Italia— se llega a la obvia conclusión de que estos pueblos son demócratas porque *les conviene* ser demócratas, y no hay en esta aseveración el menor asomo de crítica. La tendencia natural e instintiva de los seres humanos es proteger, defender y tratar de perpetuar lo que les conviene y, por la otra punta, rechazar y anular lo que no les resulta útil o lo que se les antoja perjudicial.

Si suscribimos este modo de entender las lealtades políticas de los seres humanos, los liberales tenemos que llegar a la conclusión de que nuestra tarea es la de crear las condiciones para que la democracia resulte conveniente, rentable, para que funcione eficientemente, de manera que se hagan imposibles esos bruscos episodios con los que frecuentemente se interrumpe el ritmo constitucional de nuestros países.

Hace unos párrafos yo aseguraba que personajes como Noriega, Torrijos o Fidel Castro eran impensables en una sociedad como la suiza. Y si repasamos la nómina de las democracias estabilizadas del planeta, podemos llegar exactamente a la misma conclusión. En ninguna democracia consolidada y estable es posible la irrupción de un revolucionario iluminado dispuesto a implantar la prosperidad y la justicia por medios coactivos. Sería instantáneamente detenido por la risotada de sus compatriotas. ¿Por qué ocurre este fenómeno? ¿Por qué los perones, los fujimoris o los velasco-alvarados no tienen cabida en las sociedades democráticas del Primer Mundo? No hay ninguna diferencia genética entre un suizo y un argentino, pero existe un abismo en la cantidad y la calidad de la información que uno y otro poseen, y sobre todo, los distancia la experiencia. Desde 1848, cuando los suizos tuvieron su última revolución, esa complicadísima amalgama de franceses, alemanes e italianos avecindados en el corazón de Europa, comenzaron a vivir una experiencia democrática que les resultó exitosa, y fueron acumulando un determinado tipo de información que les permitió forjarse una idea bastante exacta de por qué su país prosperaba y qué tenían y qué no tenían que hacer para defender sus intereses.

En Argentina —y pongo este ejemplo entre otros veinte que me vienen a la cabeza—, tras el paréntesis liberal de los últimos veinticinco años del siglo XIX y los primeros treinta de nuestro siglo, sobrevino un período de confusión que provocó la pérdida de la fe en el sistema y fue abriéndole la puerta a las aventuras totalitarias. Sólo así se explica que una nación fundamentalmente instruida, como Argentina, se dejara seducir por alguien tan minuciosamente equivocado como fue el primer Perón.

Ese ejemplo podemos aplicarlo a cada uno de nuestros pueblos y con él podemos entender a cada uno de nuestros tiranos. No nos caían del cielo, repito, nos los buscábamos nosotros mismos con nuestra absoluta desinformación, con nuestras vacilaciones y perplejidades.

El fracaso como punto de partida

Los panameños hace algún tiempo reestrenaron la democracia y deben preguntarse qué hay que hacer para no volver a destruir la convivencia en libertad. Algunos espíritus apocados creen que esto sólo se conseguirá mediante la tutela permanente de Estados Unidos. A mí me parece que ésa es una equivocadísima manera de tratar de solucionar los problemas del país. La democracia nunca puede ser inducida desde afuera, y a nadie en sus cabales se le puede ocurrir que Estados Unidos se dedique permanentemente a patrullar las calles de un país para impedir que los ciudadanos de esa nación se comporten antidemocráticamente. Más aún: a Estados Unidos, aunque nunca lo digan, no le importa demasiado la existencia de un régimen democrático en Panamá o en la Conchinchina. Si ese régimen democrático existe, bienvenido, porque es algo que favorece a toda la humanidad y genera prosperidad colectiva, pero ni Estados Unidos ni ninguna otra potencia va a dedicarse permanentemente a salvar a los panameños de la crueldad de otros panameños.

Tenemos que ser nosotros mismos quienes nos demos a la tarea de preservar la democracia en nuestros países. Y cuando digo nosotros, pienso, en primer término, en los liberales, porque es nuestra familia política la que mejor entiende los resortes de la vida democrática, la que mejor conoce la delicada carpintería de un Estado de Derecho, la que con mayor claridad entiende ese sutilísimo juego, esa permanente tensión que existe entre el individuo, la sociedad, y las instituciones del Estado en que ambos se entremezclan, coinciden y suelen colisionar.

Hace algún tiempo en Madrid, donde participaba en un seminario sobre la transición en Cuba, y en el que el tema era, precisamente, cómo conseguir soldar la fractura que dejará el comunismo en mi país, sitio donde nos encontraremos a una población totalmente divorciada de cualquier gobierno que surja, sorda a todo lo que le suene a discurso del poder, a prosa oficial, propuse que el poder ejecutivo se dividiera entre un jefe de Estado, directamente elegido por el pueblo, que realizara las funciones del *ombudsman* y del *contralor*, y un primer ministro, elegido por el parlamento, a quien le tocara la responsabilidad de gobernar, es decir, de administrar sensatamente los recursos que el pueblo le confía. El objetivo de esa presidencia nueva y distinta, directamente vinculada al pueblo, es fácil de percibir: lograr que el ciudadano común vea en la cabeza del Estado, en la posición más importante del país, a una persona cuya función sea defender enérgica y rápidamente los derechos e intereses de la sociedad. Esto, que es vital para Cuba, acaso también lo sea para los panameños, porque la gran reconciliación que hay que conseguir no es la de los adversarios políticos —ésa es más bien fácil de lograr— sino la del grueso de la población panameña con el sistema en el que vive. Es ahí donde radica el problema.

En todo caso, si queremos no volver a perder la democracia en Panamá, o en cualquier otro punto de América Latina, tenemos que estar dispuestos a cambiar varias cosas de raíz, y quizás la primera de ellas sea la percepción que la sociedad debe tener del sector público. Para que los panameños —o los paraguayos o los belgas— respeten el modo democrático de gobierno, cuando observen a un funcionario, a un político, o cuando se relacionen con ellos, no pueden ver a un ser arbitrario, insolente o todopoderoso, sino a un humilde servidor público tan vulnerable como cualquier otro ciudadano a los rigores de la ley. Los liberales, pues, tenemos que luchar por la subordinación del servicio público y por la instauración del señorío indiscutible de la sociedad civil.

Cuando un norteamericano da un puñetazo en el mostrador de la ventanilla de un burócrata y exige que se le atienda como es debido porque él es un *taxpayer*, o cuando le escribe, airado, a un senador, y demanda una explicación, porque él es un *taxpayer*, lo que está haciendo no es un desplante ni un gesto arrogante, sino está ejerciendo sus derechos con la autoridad que le confiere saber que el sistema está organizado en torno a deberes y responsabilidades, por una parte, pero también, por la otra, en torno a derechos y prerrogativas.

Por eso, si mañana un coronel americano, o un general, intentara conculcar la Constitución, los *taxpayer*, lejos de aplaudirlo, como ocurre en Perú, o como ocurrió en Panamá cuando Torrijos dio su golpe militar, saldrían a pedir su cabeza, porque esa Constitución les pertenece a todos, y en ella se sustenta la eficacia de un sistema del que toda la sociedad forma parte de una manera bastante equitativa, y del que la inmensa mayoría se beneficia.

La gran paradoja de los liberales, si lo somos de verdad, es que tenemos que luchar por conquistar nuestra propia insignificancia relativa, y debemos contentarnos con el honor de servir con honor. Debemos contentarnos con saber que no somos ni queremos ser protagonistas de hazañas descomunales, sino apenas nos enorgullecemos de lograr que las leyes se cumplan, que el orden no se quiebre, que los tribunales funcionen, y que la sociedad marche de acuerdo con reglas razonablemente establecidas. ¿Qué hay que hacer para evitar los noriegas de este mundo en América Latina? ¿Qué hay que hacer para no tener que rescatar la democracia con cada nueva generación? Hay que colocarse bajo la autoridad de la verdad y de la honradez. Hay que tender puentes entre la sociedad y sus dirigentes, situando el peso de la mayor autoridad en la sociedad civil y no en el sector público.

¿Qué hay que hacer, en suma, para conseguir que la patria, la nación, vuelva a ser un proyecto de vida en común, como la definía Ortega a principios de siglo? Hay que entender que la frase martiana de «una república para todos y para el bien de todos» tiene que ser mucho más que un *slogan* político. Si no nos beneficiamos *todos* de la democracia y de la libertad, la democracia y la libertad se acabarán para todos.

Durante más de una década los panameños olvidaron el Estado de Derecho y fueron gobernados de manera despótica. Esa pesadilla desembocó en la desgracia de ver el país ocupado por un ejército extranjero, y el dolor de saber, además, que la invasión americana tal vez era la menos mala de las opciones disponibles.

Ahora es el momento de comprometerse a luchar porque nunca más se repita ese triste episodio. Es el momento de la madurez y la reflexión. Ésa es la buena herencia que a veces nos dejan las cicatrices más profundas.

VII

QUÉ SE ENSEÑA, CÓMO SE ENSEÑA
Y PARA QUÉ SE ENSEÑA

No es excesiva mi experiencia docente ni muy extensa mi autoridad para hablar de educación. Por el contrario, es casi nula. Se limita a un período muy breve de mi vida: hace algo más de veinticinco años, y durante cuatro cursos consecutivos, enseñé literatura en una universidad puertorriqueña. Al principio me entusiasmó la novedad, pero poco a poco fui sintiendo una especie de distanciamiento *brechtiano*, como entonces lo hubiera calificado, entre mi papel de actor-profesor, los alumnos, y la disciplina que impartía.

Esa sensación de extrañamiento me llevó de la mano a buscar ciertos libros de pedagogía y —entre ellos— a leer con interés a Dewey y, especialmente, una historia de la educación escrita por el erudito italiano Nicolás Abbagnano, mucho más conocido —por cierto— por los tres tomos de su magnífica *Historia de la Filosofía*. Fue de Abbagnano de quien obtuve una visión coherente de la historia de la profesión en la que, provisionalmente, me había refugiado, y es a los estudios de este académico, y no a los míos, que ninguno he hecho, a lo que debe atribuirse el panorama histórico que más adelante desplegaré.

En todo caso, resultaba curioso que se me hubiera contratado como profesor de literatura, aun cuando en mi expediente de estudiante no existía un solo curso de didáctica, pero me temo que no se trataba de una anomalía sino de una regla. Sencillamente, como mi currículo podía demostrar que yo había aprobado ciertas asignaturas, se suponía que era capaz de transmitir eficazmente esos conocimientos.

Por otra parte, tampoco era probable que cometiera grandes disparates, porque el departamento al que pertenecía había asignado a mis cursos —y a los de todos— ciertos libros de texto, mientras el *syllabus* describía minuciosamente la materia que se debía enseñar, y cuándo —en qué día exacto— tendría que ocurrir el milagroso trasvase de esos conocimientos. Naturalmente, mi espesa vida académica, transcurrida sin gloria ni riesgo dentro de ese rígido esquema, pese al grato ambiente que proporcionaban mis compañeros de cátedra, de quienes guardo un amable recuerdo, enseguida comenzó a aburrirme.

Si la primera semana del curso debía hablarles a los jóvenes de las jarchas y de las primigenias manifestaciones de la poesía lírica castellana, y la tercera ya debía estar finalizando el ciclo de los romances, tras —por supuesto— haber atropellado el *Cantar de Mío Cid* sin muchas contemplaciones, todo ello ante la mirada atónita de unos muchachos absolutamente aburridos y desmotivados, se entenderá por qué, en cuanto pude, abandoné aquella extraña ocupación y me trasladé a España con el propósito de abrirme paso como escritor y periodista, ocupaciones a las que pronto añadiría la de editor. Hacer literatura me parecía interesante. Hablar de literatura en esa forma inflexible y dogmática me resultaba abusivo con los estudiantes e ingrato conmigo mismo.

Predeciblemente, esa corta experiencia y las lecturas pedagógicas que entonces acometí, me precipitaron a una conclusión que no deja de ser desalentadora: desde hace casi tres mil años, desde que existe la educación organizada, los tres asuntos principales de la pedagogía continúan sin solucionarse: *qué se enseña, cómo se enseña y para qué se enseña*. Incluso, la forma en que impartía mis clases literarias estaba impregnada de un cierto aire de inevitable anacronismo. Es posible, por ejemplo, que hace casi dos mil años unos romanos amantes de la poesía o del teatro se hubieran reunido a escuchar la lectura de unos versos o de una comedia inédita, porque esa ceremonia de leer en voz alta la obra propia ante un atento —o adormilado— auditorio era algo a lo que los autores latinos dedicaban una buena parte de su ocio.

Naturalmente, en tiempos de Adriano este contacto físico entre el autor y su público era casi el único medio eficiente de comunicar las ideas, pero de entonces a hoy han llovido la imprenta, el telégrafo, el fonógrafo, el cine, la televisión, los cassettes, el fax, la computadora, el Internet, y otros milagrosos cachivaches electrónicos que hubieran sido capaces de recoger la Biblioteca de Alejandría en un CD-ROM interactivo si los bárbaros no hubieran tenido la malvada ocurrencia de incinerarla.

Una pedagogía liberal

Felizmente, esta circunstancia —la forma anacrónica de trasmitir los conocimientos— no desentona con el signo final de estos papeles. Al fin y al cabo, este capítulo también participa de una aberración muy parecida: me propongo contestar, a manera de esbozo, el *qué se enseña*, el *cómo se enseña* y el *para qué se enseña* desde una perspectiva liberal. Es decir: retomo una pregunta que, en su momento, se hicieron los *didáskalos* o los *sofistas* griegos hace veintitantos siglos, y desde entonces no han dejado de formularse en todas las épocas históricas.

Como es de rigor, antes de encararnos con esas tres cuestiones vale la pena preguntarse si es posible afirmar que existe algo así como una *pedagogía liberal*, dado que siempre se piensa en el liberalismo como una cosmovisión política, económica o jurídica, a lo que hay que responder con un *sí* rotundo y definitivo, añadiendo, de paso, que los grandes pensadores que le dieron vida al liberalismo dedicaron buena parte de sus reflexiones a proponer medios de transmitir los conocimientos de la forma más adecuada y benéfica posible. Acerquémonos rápidamente a la historia de esta lucha por el triunfo liberal en el terreno de la pedagogía, no sin antes dejar dicho que las tres preguntas de marras —*qué se enseña, cómo se enseña* y *para qué se enseña*— jamás tendrán una respuesta definitiva, porque dependen del entorno social en que se formulan. La respuesta es, por naturaleza, cambiante.

Los precursores medievales

Un buen punto de partida para trazar la genealogía de la pedagogía liberal, dentro del capítulo de los precursores —si eliminamos a Tomás de Aquino desoyendo el consejo de lord Acton— puede situarse en lo que se ha llamado la Escuela franciscana de Oxford, Inglaterra, en la que dos frailes, Rogerio Bacon y Duns Escoto, en el siglo XIII, sin proponérselo, comenzaron a dar una singular batalla contra el pensamiento escolástico. Esa batalla duró nada menos que quinientos años y se libró en todas las universidades de Occidente, incluyendo, naturalmente, las del mundo iberoamericano.

En la Edad Media se conocía como *escolástico* al profesor que enseñaba el *trivio* —gramática, retórica y dialéctica, también llamada lógica— y el *cuadrivio* —geometría, aritmética, astronomía y música—. Ése era el *currículo* —algo así como letras y ciencias, división que llega hasta nuestros días—. La pedagogía, se fragmentaba también en dos aspectos: la *lectio* o lección y la *disputatio* o disputa. En la *lección* el escolástico leía y comentaba un texto. En la *disputa* se examinaba el asunto desde distintos ángulos. Hasta ahí no había nada que objetar. Incluso, me gustaría añadir que ese modo de transmitir los conocimientos contribuye al enriquecimiento de la inteligencia por cuanto tiene de estímulo a las facultades analíticas y comunicativas.

Ahí, pues, en el método, no radicaba el problema del pensamiento escolástico, sino en los fines que perseguía. Donde la escolástica se convertía en un freno al desarrollo del espíritu y de la ciencia era en el objetivo del conocimiento. Cuando los escolásticos se planteaban el *para qué* de la enseñanza, se les hacía transparente que el fin de aquellos intensos ejercicios intelectuales no podía ser otro que el de *entender* la verdad, no descubrirla, sino *entenderla,* porque esa verdad ya había sido descubierta por las *autoridades.* ¿Y quiénes eran esas *autoridades*? Eran los Padres de la Iglesia, textos de las escrituras o conclusiones suscritas en un concilio por los obispos y cardenales católicos.

No era de extrañar el mecanismo. En una civilización que descansaba y se legitimaba en los libros sagrados —una religión de *escrituras*— podía parecer razonable el establecimiento de un cuerpo dogmático con el cual contrastar las opiniones mundanas. Y lo que se dijera o escribiera contra la doctrina se convertía inmediatamente en falso, herético y dañino. De ahí la importancia de la posición que Bacon y —sobre todo— Duns Escoto comienzan a asumir: la verdadera ciencia debe separarse de la teología, porque esta última no pertenece al reino de la razón sino al de la fe. La ciencia, en cambio, no está o no debe estar sujeta a las opiniones de las autoridades sino a las demostraciones empíricas. Sobre la Ciencia, a partir de conclusiones experimentales, se puede *teorizar.* Sobre la teología hay que resignarse, sencilla y humildemente, a creer.

Esa posición, que hoy puede parecernos un abstracto debate filosófico, entraña una profunda revolución en el terreno de las libertades, puesto que lleva implícita la separación entre lo laico y lo religioso, y el surgimiento, todavía embrionario, de la más importante divisa liberal: la libertad es la clave del conocimiento, del progreso, del cambio, y sólo se puede cultivar mediante el sometimiento voluntario de la sociedad a los dictados de la razón.

Los precursores renacentistas

Cien años más tarde, este espíritu abierto de ruptura con la tradición escolástica se dejó ver en Europa con el surgimiento del humanismo. Si la razón era el único instrumento válido del conocimiento, y la razón siempre era individual y ocurría dentro del cerebro aislado de cada persona, nadie podía sorprenderse de la aparición de ese fenómeno renacentista al que los historiadores han llamado *antropocentrismo*. El hombre, cada hombre, era el centro del universo. Y ese hombre ya no quería revisar el pasado de la mano de los intérpretes medievales que habían reducido el conocimiento a *summas, etimologías* o curiosos saberes enciclopédicos fragmentados en píldoras. El nuevo humanista deseaba leer por sí mismo los clásicos, revisar las escrituras y llegar a sus propias conclusiones.

¿Cómo educar a ese hombre nuevo del humanismo renacentista? La respuesta la dio un arquitecto italiano llamado León Battista Alberti en un libro titulado *De la familia*, cuya tesis central es que corresponde al padre la sagrada misión de trasmitir a los hijos las virtudes sociales que mejor contribuían a la convivencia.

Alberti receta que los padres deben enseñar con el ejemplo, pero que no deben rehuir el castigo físico, los temidos azotes, cuando fuera necesario para inhibir los vicios y malas costumbres tan frecuentes en la naturaleza humana. Los niños y jóvenes, además, debían criarse en el campo, sin huir de las inclemencias del sol y la lluvia, para que crecieran fuertes y resistentes.

Otro italiano, muy influyente en la España literaria del siglo XVI, Baltasar de Castiglione, en su obra *El Cortesano*, sin desmentir lo escrito por Alberti, añadió un componente ornamental a los ideales educativos de la época. Su propósito era lograr el perfecto funcionario, el perfecto diplomático o valido. Si Maquiavelo había escrito su obra para formar príncipes útiles y pragmáticos, a veces siniestros y despiadados, capaces de sostenerse en el poder en medio de las constantes guerras, intrigas y conspiraciones de las ciudades-estado de la Italia del Renacimiento, Castiglione pretendía educar a los consejeros del príncipe centrándose en una de las preguntas clave de la pedagogía: qué hay que enseñarle al cortesano; qué debe saber ese cortesano para que desempeñe a cabalidad sus funciones. El cortesano, según Castiglione, debe ser honrado, prudente, sagaz, culto, refinado, atlético y ducho no sólo en los menesteres militares, sino también en la literatura y las artes, aunque poniendo siempre buen cuidado en esconder su personalidad tras una cierta altivez de *ringo rango,* destinada a marcar distancias con su inferior jerárquico.

Muy distintas a la trivialidad de Castiglione o a la severa pedagogía de Alberti, es lo que en ese campo, poco después, nos proponen dos de las mayores cabezas del humanismo europeo: Erasmo de Rotterdam y Tomás Moro, amigos entrañables que vivieron en medio del torbellino filosófico-religioso que a uno —Erasmo— le costó cierta persecución, y al otro —Tomás Moro— nada menos que el cuello.

Erasmo, en su obra *Sobre los niños*, se enfrentó a los temas básicos de la pedagogía. *¿Qué enseñar?* Naturalmente, literatura, bellas artes, lenguas, o lo que hoy llamaríamos Humanidades. *¿Para qué enseñar?* Básicamente, para amansar al monstruo que habitaba dormido en el corazón de las personas. La sabiduría los haría mejores, los apaciguaría. Impediría el desbordamiento de las pasiones. *¿Cómo enseñar?* Mediante la persuasión y la dulzura, sin recurrir a los odiosos castigos físicos.

Tomás Moro, en cambio, no escribió, como Erasmo, un libro sobre pedagogía, sino algo muy parecido: un libro pedagógico. Eso es su famosa *Utopía*. Un modelo ideal de sociedad que podría ser imitado por todos, aunque los liberales, ciertamente, no deben revindicarlo como propio, pese a la tolerancia religiosa que predica, y el culto a la responsabilidad individual que propone, porque para Moro la raíz de todo mal social estaba en la existencia de la propiedad privada y en la desigualdad y la codicia que este fenómeno provocaba, afirmación que, evidentemente, pugna con la médula del pensamiento liberal.

Reforma y Contrarreforma

No fue por escribir *Utopía*, sin embargo, por lo que Moro fue decapitado, sino por oponerse a la segregación de la Iglesia anglicana del tronco romano al que hasta entonces pertenecía. Hecho, por cierto, que ejemplifica el letal estremecimiento que entonces recorre a Europa en el período sangriento que conocemos por las «guerras religiosas». Guerras terribles entre cristianos que disputaban cuestiones bizantinas tras las que solían esconderse juegos de poder y regionalismos radicales.

Aquel período fue, no obstante, singularmente importante para el desarrollo de lo que pudiéramos llamar una «visión liberal» de la educación, aunque admitiendo la presencia de no pocas contradicciones. De un lado los reformadores religiosos, con Lutero y Calvino a la cabeza, instituyeron cuatro principios que aún continúan gravitando en nuestros sistemas educativos, y hasta en nuestras constituciones:

—El principio de instrucción universal.

—La creación de escuelas populares para los pobres.

—Control de la educación por los laicos.

—Escuelas «nacionales» encaminadas a forjar la identidad.

Esa educación nacional, y —si se quiere— nacionalista, en su afán de alejarse de Roma y de la tradición latina, abominó de los estudios clásicos, se alejó del latín, y se dedicó a preparar ciudadanos de una nación determinada, y no de todo el orbe cristiano, como pretendía la tradición humanista católica.

Es en ese contexto en el que un gran educador alemán, Valentín Friedland, a quien llamaban *Trotzendorf* por la aldea en la que había nacido, creó un *gimnasio* o escuela, organizada en forma de Estado o república para adiestrar a los estudiantes en el arte de la convivencia ciudadana. Trotzendorf, quien —como Lutero— creía en motivar a los muchachos para que aprendieran, dotó a su institución de un senado que juzgaba a los infractores de las reglas, y él mismo, nada democráticamente, se declaró *dictador*.

Paradójicamente, la influencia de los gimnasios alemanes donde se hizo sentir con mayor vigor fue en la Compañía de Jesús creada por el vasco Íñigo de Loyola para servir al Papa frente a sus enemigos *reformistas*. Los jesuitas, formados para enseñar y para orientar espiritualmente, tomaron de Trotzendorf la idea de asignarles a los jóvenes ciertas responsabilidades, dividiendo a los alumnos en *decurias*, dirigidas por *decuriones* y *deceneros* que a veces se enfrentaban en bandos designados como *romanos* o *cartagineses*, pueblos imaginarios que, en su momento, contaban con *tribunos* y *cónsules*.

Esta minúscula reproducción de estados con sus dignidades y conflictos, provocaba un sentimiento de emulación que solía dar estupendos resultados pedagógicos. La competencia por «ganar», la división en equipos, y el afán de alcanzar distinciones hacía que los jóvenes no sólo aprendieran más y con mayor rapidez, sino que —además— desarrollaran una especial lealtad a la institución que los educaba. No en balde, al trasladar al aula valores y formas de organización extraídas del sector militar, se lograba ese fenómeno de adhesión sicológica y de fusión del grupo que en la vida castrense suele conocerse como «espíritu de cuerpo».

La pedagogía liberal

Hasta aquí es posible hablar de precursores de la pedagogía liberal, pero a partir de los escritos de John Locke, padre del liberalismo moderno, comienzan a aclararse los perfiles del debate a la luz de una visión depurada de la misión de enseñar y de la tarea de aprender.

Las ideas de Locke sobre pedagogía fueron expuestas en un breve libro titulado *Pensamientos sobre educación*, publicado en 1693, tres años después de su obra fundamental, *Ensayo sobre el entendimiento humano*. Para Locke, la adecuación comprendía *lo físico*, es decir, el cuerpo; *lo moral*, esto es, los valores sobre los que se debe sustentar la conducta; y *lo intelectual*, o sea, los conocimientos propiamente dichos.

Dentro de la tradición del italiano Alberti, Locke recomendaba el duro ejercicio físico para endurecer el cuerpo. Y parcialmente, como Castiglione, defendía las virtudes de los buenos modales y las costumbres refinadas, pero no para perpetuar a una clase dirigente parásita, sino para convertirla en paradigma capaz de orientar el comportamiento de los menos favorecidos. En su texto, asimismo, el filósofo inglés rechaza los castigos corporales y sugiere que la relación entre educador y educado se funde en el respeto, la confianza y la razón.

Mucho más influyente que Locke como pedagogo fue Juan Jacobo Rousseau, contradictorio escritor que tanto tiene de liberal como de antiliberal, fenómeno que no debe sorprendernos, pues toda la vida y la obra de Rousseau constituyen una tremenda paradoja, como se encargó de esclarecer Paul Johnson en su libro sobre los intelectuales.

Rousseau, que escribió *Emilio,* una novela pedagógica concebida para dictar pautas sobre la mejor educación posible para niños y jóvenes, no tuvo demasiados escrúpulos en abandonar en el hospicio a los cinco hijos que le diera su pobre mujer Teresa Levasseur, una infeliz costurera que nunca pudo entender del todo *El contrato social* redactado por el ginebrino.

Al margen de esta notoria incongruencia, es importante entender por qué Rousseau escribió su famoso *Emilio*: la motivación está, precisamente, en el *Contrato Social*. Rousseau pensaba haber desentrañado la regla de oro que podía regir la convivencia ciudadana —ese pacto no escrito que hace la sociedad para organizarse en forma de Estado—, pero para que diera sus mejores frutos resultaba vital construir ciudadanos ejemplares. Ciudadanos capaces de vivir de acuerdo con las reglas de *El contrato social*.

Con una gran intuición sicológica, el *Emilio* está dividido en cinco libros que hoy pudiéramos relacionar con las llamada teorías del desarrollo de la personalidad. En los dos primeros, Rousseau se ocupaba de la niñez, época en la que predominan los sentimientos, etapa que termina a los 12 años. En el siguiente período, durante la adolescencia, prevalece el egoísmo utilitario. El joven es capaz de precisar lo que le conviene y lucha por obtenerlo. A partir de los 16 años ese egocentrismo da paso a la valoración ética, al raciocinio maduro y a la preocupación metafísica o religiosa. El joven se ha convertido, desde el punto de vista intelectual, en adulto, y está listo para el contacto y los conflictos sociales, y —naturalmente— para formar pareja. Es ahí cuando Emilio se casa con Sofía.

Para alguien como Rousseau, que desconfiaba del peso de la cultura y las tradiciones, que creía que la primitiva naturaleza humana era de suyo bondadosa, aunque luego la traicionaba y envilecía la cultura, resultaba perfectamente natural que el niño o el joven no fueran expuestos a la enseñanza convencional o a la torcida influencia de la sociedad. Su ideal era preservar en la medida de lo posible la pureza intelectual y emocional de Emilio para que fuera aprendiendo de la experiencia, más por deducciones propias que por lecciones dictadas, lo que resultaba más probable de obtener con la ayuda de un preceptor particular.

Una generación más tarde, Immanuel Kant, quien fuera un apasionado lector de Rousseau, alguna huella exhibe del autor de *Emilio* en un breve opúsculo titulado *Pedagogía*, en el que se recogen ciertas opiniones sobre la educación vertidas por el filósofo alemán ante discípulos que luego llevaron la obra a la imprenta. ¿Dónde debe poner el acento la educación? ¿Cómo dudarlo si se trata de Kant? La educación debe estar encaminada, esencialmente, a la formación de valores morales de carácter universal que contribuyan a la armonía de la especie. A esa formación moral, además, había que acceder por el camino de la razón y no por el del castigo, pues la paz y la concordia sólo pueden brotar de la tolerancia y el respeto. Puro kantianismo.

La moderna pedagogía liberal

Tras Rousseau y Kant, muy influido por ambos, aparece en la historia de la pedagogía liberal quien acaso puede ser considerado el primer educador moderno en toda la extensión de ambas palabras: Giovanni Enrico Pestalozzi, un suizo alemán de remotos antecedente italianos.

Pestalozzi no fue, como Rousseau o como Kant, un pensador que escribía sobre temas pedagógicos, sino un maestro que amaba y practicaba la profesión de enseñar. No obstante, siempre sobre la huella de Rousseau, Pestalozzi escribió otra de las grandes novelas pedagógicas de la época: *Leonardo y Gertrudis,* narración alegórica en la que los personajes encarnan virtudes morales y vicios, aunque, desde luego, acaba por triunfar la recta honestidad de Gertrudis sobre las debilidades de carácter de Leonardo.

La importancia de Pestalozzi como educador descansa en sus trabajos en la escuela experimental de Bungdorf, no lejos de Berna, en la que pone en práctica la técnica de aprender mediante la acción y la experiencia, fórmula que un siglo más tarde defendería con ardor el norteamericano Dewey. En efecto, Pestalozzi —que no cree, como Rousseau, en el aprendizaje casi espontáneo e incontaminado— receta una cálida combinación entre el afecto y la suave autoridad moral, de manera que el niño aprenda a amar porque lo aman, mientras acepta de buen grado la enseñanza moral de unos maestros que no inspiran temor sino afecto y solidaridad. Hay que educar para la libertad —pensaba Pestalozzi—, pero también hay que educar para el taller y para la vida, por lo que no dudaba en llevar a sus estudiantes a los sitios en los que artesanos, obreros y campesinos se ganaban el pan.

Si la obra de Pestalozzi se adelanta en un siglo a la de Dewey, la del alemán Friedrich Fröbel, su rebelde discípulo, prefigura a la de María Montessori. Fröbel es el creador de los jardines de infancia, los *kindergarten*, surgidos en 1839 bajo la idea de que los niños pequeños no podrían ser educados de la misma manera que los mayores, pues existía una etapa preescolar cuyo éxito acaso dependía del cultivo de los sentidos en los niños: la vista, el olfato, el tacto, el oído. De ahí que Fröbel experimentara con formas, colores y texturas diferentes como un modo de estimular la creatividad y la imaginación del niño.

Esta pasión de Fröbel por los objetos muy bien podría deberse a su propia fascinación por la cristalografía, lo que lo llevara a crear una serie de *regalos* geométricos con los que se premiaba a los niños: esferas, cubos, paralelepípedos de distintos colores, etc. Los niños pequeños, a partir de Fröbel, ya no eran pilluelos a los que se sometía por medio de castigos, sino seres humanos que merecían todo el respeto y el amor del mundo, valores y sentimientos que debían aprender mediante juegos alegres dirigidos por un atento pedagogo dueño de un método especialmente creado para ese fin. Sorprende saber que en 1848, tras la revolución, por un período, y bajo la acusación de ateísmo, fueron clausurados los *kindergarten*.

Fue —por cierto— un discípulo, en segundo grado, de Pestalozzi, y en primer grado de Fröbel, el alemán Karl Krause, quien dejará una profunda huella en la pedagogía iberoamericana a través de su influencia en Francisco Giner de los Ríos, creador de una tradición pedagógica que ha llegado hasta nuestros días, aunque tuvo su mayor influencia en el último tercio del siglo XIX y principios del XX.

Dos liberales ingleses, Stuart Mill y Herbert Spencer, vinieron poco después a enriquecer la reflexión pedagógica con modos de razonar que guardan una curiosa similitud en la forma, aunque no en el fondo. Para Mill, en su *Sistema de Lógica deductiva e inductiva* resulta evidente que el aprendizaje, al fin y al cabo una expresión del pensamiento, se encadena naturalmente como consecuencia de experiencias que van cobrando forma por procesos analógicos que ocurren de forma casi automática. Para Spencer, pensador siempre bajo el fortísimo impacto del darwinismo, el aprendizaje debe ser el fruto de un desarrollo lento y gradual, dentro de un amplio marco de libertad, que vaya mejorando paulatinamente por medio del tanteo y el error.

Darwinista fue también John Dewey, el norteamericano más influyente de la era contemporánea en el campo de la pedagogía. Y fue darwinista en el sentido de atribuir la existencia de problemas a algún tipo de desajuste entre el organismo y el ambiente social.

Dewey fue filósofo y sicólogo, pero su enorme impacto en la sociedad norteamericana —y, por lo tanto, en todo el planeta— se debe a su influencia en el tipo de enseñanza empleado en Estados Unidos a partir de principios de siglo. Para Dewey, en un mundo que cambiaba vertiginosamente era inútil tratar de educar para los fines futuros de la sociedad, pues éstos difícilmente podían precisarse. Lo importante era formar sicologías robustas y adaptar la enseñanza a la vida mediante experiencias, y no por medio de lecciones magistrales o simples ejercicios memorísticos.

Esta *escuela progresista*, como se le llamó, debía conducir a la falta de prejuicios, a la objetividad, al respeto por la verdad, al desarrollo de la individualidad y a la capacidad de adaptarse a un mundo cambiante, aunque subrayando mucho más la colaboración que el espíritu de competencia. No obstante, y pese a sus benévolos propósitos, también se le atribuye a Dewey cierta responsabilidad en el fenómeno de creciente empobrecimiento del acervo cultural colectivo que parece observarse en la sociedad norteamericana, al extremo de provocar una reacción entre quienes propugnaban el retorno a la educación tradicional, entonces llamada la educación de los *great books*, los grandes libros de la humanidad, selección hecha por Robert Maynard Hutchins, ex presidente de la Universidad de Chicago, quien sostenía que era muy importante mantener un vínculo con el pasado que nos ayudara a explicarnos nuestra propia identidad cultural presente.

Y no hay duda de que esa posición —la de la vuelta a la búsqueda de autoridades y cánones— tiene cada día más adeptos, cuando se comprueba, especialmente en Estados Unidos, la existencia de un fenómeno de debilitamiento de los vínculos y referencias culturales comunes. Situación que se pretende conjurar mediante la confección y aprendizaje de libros fragmentarios que, paradójicamente, recuerdan a las «enciclopedias» o «etimologías» medievales.

La pedagogía liberal posible

Volvamos, pues, a reiterar las tres preguntas que a lo largo de toda nuestra historia escrita le han dado vida al inacabable debate pedagógico: *qué se enseña, cómo se enseña, y para qué se enseña.*

Partamos, para intentar contribuir a la discusión de estos

temas, de una premisa que nos parece difícilmente discutible: vivimos en una era en la que prevalece una cosmovisión liberal de las relaciones humanas. Más por la decadencia del enemigo totalitario que por sus propios esfuerzos, o quizás por el valor de su indiscutible éxito en las treinta naciones más prósperas del planeta, el paradigma universalmente reverenciado es el de las democracias liberales que realizan sus transacciones comerciales dentro de un marco de economía de mercado. Hay numerosas críticas a este modelo, por supuesto, y algunos no se inhiben de cometer actos violentos en su contra, pero, en líneas generales, prevalece la convicción de que, como reza la fatigada metáfora de Fukuyama, hemos llegado al fin de la historia.

Bien; si creemos que esta premisa es cierta, y si estamos convencidos de que esta circunstancia es realmente auspiciosa, benéfica para la humanidad, ya comenzamos a responder una de las preguntas planteadas en el debate: *¿para qué se estudia?* Se estudia, se debe estudiar, para reforzar el espíritu de convivencia liberal que flota en el ambiente. El aprendizaje no sólo debe contribuir a la acumulación de conocimientos, sino, también, y en un alto grado, a reforzar el tipo de comportamiento que favorezca la paz, la democracia, el respeto al otro, la tolerancia, y el resto de las virtudes que deben estar presentes en un número abrumador de ciudadanos para que sea posible el milagro de la convivencia en libertad.

¿Cómo se logran estos fines por medio de la educación? Los caminos, por supuesto, son múltiples, y para emprender la andadura es conveniente revivir gloriosas experiencias ensayadas en el pasado. Es muy útil, por ejemplo, aprender de Valentín Friedland, el famoso Trotzendorf, y de los jesuitas, las técnicas de motivación sicológica que conseguían despertar el interés de los estudiantes de manera espontánea. Una buena combinación entre la asignación de honores y dignidades, junto a instituciones de debate y juego democrático en las que se practique el *fair play*, pueden contribuir a crear en los niños y jóvenes el respeto por un método de solucionar respetuosa y pacíficamente los conflictos.

Incluso, hay experiencias pedagógicas más antiguas de las que todavía se puede aprender. Hace unos años, en una visita a Venezuela, entonces empeñada en aumentar el cociente intelectual de los venezolanos —el famoso I.Q.— mediante el esfuerzo de un curioso *Ministerio de la Inteligencia* dirigido por el educador Luis Alberto Machado, me llevaron a una escuela experimental en la que los niños, tras ciertos ejercicios, conseguían, realmente, aumentar sustancialmente los niveles de inteligencia, de acuerdo con las mediciones convencionales.

¿Cómo lo lograban? Uno de los procedimientos era someter a los muchachos y muchachas un problema de carácter ético para que lo analizaran desde distintos puntos de vista y llegaran a sus propias conclusiones. ¿Qué conseguían con esto? Conseguían estimular el juicio moral, perfilar una tabla de valores que les diera coherencia a sus actos, mejorar la capacidad expresiva y aprender a respetar el punto de vista del contrario. Todo esto luego se traducía en un I.Q. más alto, pero, al margen de ese enigmático dato estadístico, tuve la sensación de que aquellos ejercicios contribuían a depurar la calidad ciudadana de los jóvenes.

A manera de anécdota, recuerdo que el debate que presencié, entre muchachos y muchachas que entonces tendrían de 12 a 14 años, se basaba en la siguiente hipótesis: supongamos que hay un incendio pavoroso e incontrolable en Caracas. Un siniestro que amenaza con abrasar toda la ciudad, incluida la cárcel central, en la que hay mil criminales desalmados. En esa tesitura las autoridades tienen que tomar una decisión: sueltan a los mil criminales, a los que no hay tiempo para trasladar a otros penales, con riesgo de que cometan terribles atrocidades en una ciudad sin orden ni concierto, o los dejan morir a todos para proteger a la población de sus probables desmanes.

Como puede el lector observar, la respuesta no es obvia. En consonancia con la mayor parte de los dilemas reales, hay que elegir entre grados de perjuicio. Al final —y yo me retiré antes de la votación— parecía prevalecer la idea de que un Estado de Derecho, una sociedad regida por leyes, no puede condenar a muerte a unos prisioneros para evitar que cometan delitos por los que no han sido sentenciados. Por otra parte, la libertad exige aceptar riesgos y ése era un riesgo más.

En realidad, me impresionaron tanto la argumentación como la madurez, pero no pude evitar relacionar toda esa pedagogía aparentemente moderna con el método escolástico medieval: la *lectio* y la *disputatio*. La diferencia era que no se trataba de buscar una verdad final, que no existía, sino una solución ética basada en ciertos principios.

Hay pues, en nuestra visión de la pedagogía liberal, que colocar la enseñanza de valores por encima de cualquier otro objetivo, dado que —pese a las infundadas acusaciones de nuestros enemigos— la sociedad liberal se basa, esencialmente, en una idea ética: mantener los lazos sociales por medio del ejercicio de la libertad. Y de ahí, de ese núcleo fundamental, se desprenden el Estado de Derecho, y la economía de mercado, terrenos en los que realizamos nuestras transacciones, forjamos nuestros pactos y dirimimos nuestros conflictos.

La enseñanza de la historia

Y si esto es cierto con relación al *qué* y al *para qué* enseñar, valdría la pena retomar otra idea valiosa de la vieja pedagogía, de la pedagogía humanista de Erasmo, de Vives, de Spinoza, o de Moro, en defensa de una visión global, no nacionalista, para tratar de atar firmemente la fiera que todos llevamos dentro.

Me explico: en el Renacimiento, cuando todavía no habían aflorado las tendencias nacionales que comenzaron a surgir con la Reforma, las raíces del hombre occidental se buscaban, con buen sentido, en Grecia y en Roma. Si nuestras lenguas y nuestra cultura de allí venían en lo fundamental —la religión, las instituciones, la forma de gobierno, las artes y la literatura— era ahí donde había que buscar una madre patria común. Por eso el ideal pedagógico renacentista era universal, y por eso, entre otras razones, se mantenía la vigencia del latín como lengua franca y como lengua madre.

Esta concepción universalista se vino abajo, lamentablemente, con la fragmentación religiosa. La Biblia alemana, vivamente traducida por Lutero, y la idea de una escuela nacional que defendiera las señas de identidad propias, provocaron una creciente irritación nacionalista que acaso, en alguna medida, ha sido responsable de los mataderos de nuestro espantoso siglo XX.

No obstante, también hay que reconocer que esa escuela nacional y nacionalista americana, con su himno diariamente cantado, su bandera y su culto por los héroes y los mitos estadounidenses, sirvió para unificar dentro de una misma conciencia a decenas de millones de inmigrantes que, de lo contrario, tal vez jamás hubieran podido integrarse adecuadamente en la patria de adopción.

En todo caso, lo que pretendo decir es que la pedagogía liberal de hoy, enfrentada al fenómeno de los hirsutos nacionalismos, generalmente contrarios a la paz y la concordia, debe proporcionar una visión universalista, humanista, de nuestra historia. Y no puedo evitar, en este punto, referirme a una anécdota que quizás ilustra la importancia y la necesidad de robustecer o forjar esos lazos con el pasado: en mi condición de presidente de un partido liberal que busca la democratización de Cuba por vías pacíficas, con la ayuda de Juan Suárez Rivas, vicepresidente de nuestro partido, solicité que secretamente le filmaran en Cuba varias entrevistas a disidentes y perseguidos políticos con el objeto de exhibirlas ante el parlamento europeo de Estrasburgo. El trabajo se hizo, y pronto tuve en mi casa de Madrid las cintas de vídeo con las entrevistas. Valga decir que todas eran correctas, y en todas estas valientes personas se dirigían respetuosamente a los legisladores europeos. Sin embargo, la que más me impresionó, y no por razones políticas, fue la de un profesor negro de la facultad de ingeniería, don Félix Bonne Carcassès, expulsado de su cátedra por pedir libertades políticas, que comenzaba su exhortación con algo así como «señores eurodiputados, mi Europa, pese a mi piel, es la de Pericles», y luego seguía pidiendo solidaridad para nuestra causa.

Bonne, ingeniero, exquisitamente educado, demócrata convencido, intuía que su patria cultural, la gran familia a la que pertenecía, nada tenía que ver con sus orígenes étnicos africanos. Y esa inteligente percepción me parece tremendamente útil para superar muchos rencores y odios peligrosos. Si en lugar de definir nuestra identidad por las banderas y los himnos, o por los lazos tribales, si en vez de remitirnos a las batallas nacionales, logramos coincidir en la *Odisea*, en san Pablo, en Horacio, en Leonardo, en Newton, en Descartes, en Einstein; y si conseguimos que nuestros estudiantes se den cuenta de que forman parte no de un afluente raquítico, llamado nación, sino de un viejo y enorme río cultural que se empezó a gestar hace miles de años cerca del Éufrates, tal vez amaine la ferocidad con que se enfrentan nuestras tribus en los días que corren.

Estado, Sociedad, Individuo

La enseñanza de la historia, no es, pues, un lujo cultural, sino una necesidad del espíritu. Si sabemos de dónde venimos, y si somos capaces de identificar nuestras raíces, es probable que nuestra conducta sea menos peligrosa. Pero una vez descubierta nuestra genealogía espiritual y cultural, y tan importante como ese acto de filiación, es igualmente vital situarnos en nuestro aquí y ahora para tratar de entender el modo en que nos relacionamos, o —mejor aún— el modo en que se relacionan los individuos que forman esas aproximadamente veinticinco sociedades prósperas y felices que sirven de paradigma al mundo contemporáneo.

Digámoslo en una oración: hay que explicar pacientemente qué es la democracia, cómo se establecen sus límites dentro de un Estado de Derecho regido por normas constitucionales, y por qué este modelo proporciona una manera eficaz de resolver las disputas, acabando por contribuir a la prosperidad colectiva, siempre y cuando se articule inteligentemente con la forma de producir bienes y servicios.

Cada vez que me veo precisado a dar una definición rápida de democracia, suelo acudir a una frase escueta, casi lapidaria, que apenas encierra *glamour* alguno: la democracia no es más que un método de tomar decisiones colectivas. Ese método, sujeto a la regla aritmética de la mayoría, no garantiza los resultados —que muy bien pueden ser espantosos— sino aporta una forma pacífica de solucionar conflictos y elegir cursos de acción en los asuntos que conciernen a la colectividad.

Pero, si la democracia es sólo un método para tomar decisiones que en modo alguno asegura el progreso o el desarrollo sostenido ¿por qué defenderlo? Muy sencillo: porque las otras opciones son peores. Si no tomamos las decisiones colectivas con arreglo a la mayoría democrática, esas decisiones las tomará por nosotros un dictador, un partido, el ejército, o un sector aislado de la sociedad, como, por ejemplo, un grupo religioso, los sindicatos, etc.

Es posible que ese gobierno no democrático sea, por un tiempo, más eficiente que el que se somete a la regla de la mayoría, pero su propia naturaleza le impedirá crear un mecanismo de trasmisión de la autoridad o de supremacía de la ley, terminando por provocar la dislocación del Estado, el empobrecimiento de la sociedad y un retroceso económico generalmente de más entidad que los avances logrados durante el apogeo dictatorial. Buenos ejemplos no faltan en el historia: la dictadura de Porfirio Díaz, el período comunista de Rusia o los experimentos populistas de Perón o Velasco Alvarado.

Lo que quiero decir es que hay que enseñar a defender la democracia no por la vía sentimental sino por la racional: *porque es un método que nos conviene.* Como nos conviene el Estado de Derecho para garantizar que las minorías no sean víctimas de las arbitrariedades potenciales de la mayoría, y porque sólo aquellas sociedades sometidas al imperio de leyes neutrales son las que, a la postre, logran la hazaña del crecimiento sostenido y la eliminación progresiva de la pobreza.

Naturalmente, me refiero a la *educación cívica*, pero recuerdo que, cuando era adolescente, y tuve que aprobar una asignatura que tenía ese nombre, lo que me enseñaron fue el aspecto superficial y mecánico de la cuestión: cuántos sufragios necesitaba un representante o diputado para salir electo, cuántos un senador o la edad mínima que debía tener quien fuera electo presidente de la república. Me enseñaron reglamentos y me dijeron que eso era el sistema democrático.

Me ocurrió, pues, con la «educación cívica» lo mismo que con las matemáticas: tras grandes dificultades conseguía despejar ecuaciones complejas, o hallar raíces cúbicas, pero lo que nunca pude fue relacionar esos hallazgos misteriosos con mi vida de carne y hueso. Jamás me dijo nadie qué podía hacer con los teoremas o con los binomios. Aquellos fatigosos ejercicios nacían y morían —para mí— en el papel en que conseguía garabatearlos trabajosamente.

¿Cómo se enseña democracia? Probablemente, votando en las aulas con frecuencia. Seguramente, explicando con paciencia las características de las naciones democráticas que han tenido éxito. ¿Cómo se enseña el Estado de Derecho? Tal vez, aprobando en las aulas reglas justas y sometiéndonos todos a ellas. Pero también, sin duda, debatiendo con *lecciones* y *disputas,* a la manera antigua, problemas de la vida cotidiana en los que entran en juego una valoración ética y una visión jurídica de los conflictos. Y esa enseñanza, a mi juicio, es mucho más trascendente que las disciplinas convencionales en las que los estudiantes pasan la mayor parte del tiempo escolar.

Por supuesto, esa comprensión del mecanismo en el que se asienta la mejor forma de convivencia —que me parece fundamental que se aprenda en la escuela— estaría incompleta si no incluyera un largo epígrafe sobre los derechos y los deberes individuales dentro de los estados democráticos, porque, al fin y al cabo, no podemos esperar sociedades que se comporten con arreglo a estos patrones de conducta cívica si las personas que las forman no entienden el papel que, como individuos, tienen que desempeñar.

Yo no recuerdo, por ejemplo, en los años que pasé en las aulas como estudiante, una sola discusión seria sobre la libertad y la responsabilidad. Ni tengo memoria de asignatura o conferencia que me preparara para los problemas reales de la convivencia colectiva. Nadie trató jamás de enseñarme a valorar las situaciones conflictivas desde una cierta coherencia axiológica, ni tuve la sensación de que era importante comprender cómo yo, en mi condición de individuo, formaba parte de una sociedad que, a su vez, se articulaba en un modelo particular de Estado para normar racionalmente la vida institucional a la que debía someterme.

Estudiaba, sí —y a veces hasta aprendía— sicología, ética, sociología y política, pero lo que no conseguían mis maestros, o lo que no lograba el plan de estudios, era armar ese rompecabezas para que un joven estudiante pudiera contemplar el panorama total de su propia experiencia vital. Y ahí está, exactamente, el reto a la pedagogía liberal: hay que lograr ese milagro de comprensión racional para que nuestra cosmovisión consiga prevalecer en beneficio de todos.

Pedagogía económica liberal

Por último, es indispensable que los estudiantes —que todas las personas— entiendan los fundamentos de la economía liberal para conseguir el enriquecimiento de nuestros pueblos y, más importante aún, para garantizar la paz social. Hay que enseñar cómo se crea la riqueza y cómo se malgasta. Pero es prudente partir, para no crear falsas expectativas, de una melancólica observación: la visión económica liberal —y ya se ha apuntado a lo largo de este libro— es contraria a las intuiciones primarias o a los razonamientos elementales, lo que nos obliga a ser muy cuidadosos en la preparación de la propuesta liberal.

¿Cómo explicar que la «justicia social» recetada por funcionarios gubernamentales o por políticos en liza electoral suele conducir al empobrecimiento del conjunto de la sociedad? ¿Cómo convencer a las personas corrientes y molientes de que el alza de salarios por encima del nivel de la inflación a medio plazo contribuye a una disminución del poder adquisitivo de unos obreros que son más pobres mientras más dinero reciben, sólo porque no son capaces de percibir la necesaria relación que deben tener los bienes circulantes y el dinero disponible? ¿Cómo lograr ciudadanos capaces de elegir inteligentemente la opción liberal, si no se tiene una idea del sistema fiscal, de lo que se debe esperar del Estado, del costo de las acciones públicas, o de todo aquello que debe formar parte de la esfera privada?

Y lo curioso de estas deficiencias en la pedagogía liberal, es que se cuenta con una bibliografía más que abundante para construir las herramientas capaces de poner fin a esta situación. En efecto, la obra de los Premio Nobel liberales o libros como *La acción humana* de Ludwing von Mises, *Los fundamentos de la libertad* de Hayek, o hasta la sencillísima pero muy inteligente *La economía en una lección* de Hazlitt —por sólo mencionar tres obras entre centenares de libros y ensayos útiles para este empeño— contienen material y razonamientos más que suficientes para construir los textos básicos que expliquen de forma concreta lo que constituiría el aspecto económico de una formación liberal elemental, pero suficiente para no ser seducidos por cantos de sirena colectivistas o dirigistas.

Llevar adelante esa tarea es, quizás, el mejor aporte que se puede hacer a nuestra sociedad en los tiempos actuales. Y la razón es obvia: el descrédito de las opciones socialistas no ha traído necesariamente de la mano el aprecio por nuestra cosmovisión liberal. Por el contrario, suele escucharse que el socialismo ha muerto, pero se afirma, simultáneamente, que no hay reemplazo para ese cadáver enorme y centenario. No es cierto: el reemplazo es la visión liberal del hombre. Pero eso nos obliga a definir una pedagogía capaz de trasmitir esta rica, antigua y constantemente enriquecida tradición a la que estamos tan estrechamente vinculados.

VIII

EL NACIONALISMO
Y LA NATURALEZA HUMANA

Qué linda es mi bandera,
si alguno la mancilla
le parto el corazón.
Viva México.

Acerquémonos al exergo con que comienza este capítulo: «Qué linda es mi bandera / si alguno la mancilla / le parto el corazón. / Viva México.» Se trata del estribillo de un famoso corrido mexicano, pero en sus cuatro líneas resume el fenómeno del nacionalismo. Ahí está todo: el símbolo sublimado —la bandera—, la violencia potencial —le parto el corazón—, y la identificación de la entidad venerada: México, la patria, la nación adorada por la que estamos dispuestos a sufrir o a infligir los mayores sacrificios y penitencias.

La elección de esta estrofa, por supuesto, en modo alguno quiere decir que vamos a dedicar las reflexiones que siguen a indagar sobre el proverbial nacionalismo mexicano. Esto a lo que hoy llamamos *nacionalismo* probablemente forma parte de la historia universal del bicho humano desde mucho antes de que existieran las llamadas naciones, y tal vez no sea otra cosa que una manifestación externa del gregarismo que caracteriza a nuestra especie.

Esa emocionada y emocionante escena de *Casablanca* en la que los franceses, estremecidos por la pasión patriótica, ahogan con *La Marsellesa* los cantos de los alemanes, con otras voces y con otros ritmos pudiera filmarse en Bosnia y Serbia, en la franja de Gaza o en Tel Aviv, en la India rota por el conflicto entre musulmanes e hindúes, en la Irlanda dividida entre protestantes y católicos, y hasta es posible imagi-

153

narla con la música de fondo del tan-tan de los tambores africanos en un *Rick's cafe* zaireño en el que coincidan los refugiados hutus y tutsis.

De manera que hay que comenzar por descartar las actitudes despreciativas con relación al nacionalismo. Ningún grupo humano está exento de su influencia. Les ocurre a todos. Nos ha ocurrido a todos. Todos tenemos alguna experiencia personal que apunta en esa dirección. ¿No hemos sentido alguna vez, al escuchar el himno de la patria, una especie de nudo en la garganta y un raro temblorcillo en el labio superior? ¿No hemos asumido como propio el triunfo ajeno de un equipo deportivo de nuestra nación? ¿No hemos saltado de alegría ante el gol propio? ¿No hemos percibido un extraño pesar por sus fracasos? Estamos, pues, ante una emoción universal que trasciende las razas y culturas, los límites geográficos y la historia.

Una visión neodarwiniana

Dicho esto, me parece conveniente explicar el propósito de este capítulo: no me propongo atacar o defender la ocurrencia del nacionalismo. Pienso que el nacionalismo —junto a indudables beneficios— ha sido la coartada histórica de un sinfín de canalladas y atropellos, pero no es al análisis ético o político a lo que van dedicadas las páginas que siguen, sino a tratar de entender por qué y cómo acaece este fenómeno.

El punto de partida, la sonda indagatoria —es bueno advertirlo desde ahora— es una visión *neodarwiniana* de la persona. Es decir, doy por sentado que el hombre es un animal más sobre el planeta, sujeto, como todos, al proceso de la evolución natural y al rigor de las fuerzas biológicas que, en gran medida, determinan su conducta.

Me doy cuenta, obviamente, de que este enfoque ya fue objeto de un importantísimo debate a lo largo del siglo XIX, pero de la misma manera que el liberalismo o la ortodoxia económica de la Escuela de Viena han resurgido de sus aparentes cenizas —tras un siglo de haber sido, supuestamente, superados—, el análisis *biologista* es hoy el que prevalece en casi todos los campos de la investigación sobre la naturaleza humana.

Éste, naturalmente, es un espinoso terreno, porque resulta muy fácil —aunque sea erróneo— justificar desde la biología posturas racistas o sexistas, pero tal vez la peor de las actitudes asumibles por intelectuales que se respeten, y que respeten a sus colegas, sea la de callar por miedo a las etiquetas denigrantes o por no violar las pacatas reglas de lo que hoy se califica como «políticamente correcto».

Al fin y al cabo, mucho más importante que situarse en el risueño bando de quienes dicen lo que todos quieren oír, es colocarse bajo la autoridad de la verdad, y no moverse ni un milímetro de esa incómoda posición hasta que otras ideas u otras informaciones modifiquen nuestros puntos de vista.

¿Por qué el *biologismo* se fue debilitando a lo largo del siglo XX como instrumento de análisis de la naturaleza humana? Probablemente, por la influencia *culturalista* de algunos eminentes pensadores, como el etnógrafo alemán Frans Boas, huido a Estados Unidos a consecuencia del antisemitismo, pero también —qué duda cabe— por una curiosa y nefasta combinación de pinzas entre el ejemplo reprobable del fascismo y la huella ideológica del marxismo.

Tras los resultados del nazismo y del sangriento mito de la superioridad biológica de la «raza aria», a la *intelligentsia* y —en general— al mundo académico, acabó por repugnarles cualquier vía de investigación sobre la naturaleza humana que apoyara su búsqueda o sus hallazgos en los fundamentos biológicos de la especie.

Por otra parte, los mitos del socialismo también contribuyeron a oscurecer esta visión de las personas. De acuerdo con los postulados marxistas, la conducta sólo se explicaba por la historia de los pueblos, por el derecho que los regía, y por el modo de vincularse a los medios de producción. Todo, en suma, era cultura. El hombre se determinaba por la superestructura que secretamente lo gobernaba, y tuvo, pues, que disolverse en el pasado la pesadilla del fascismo, y tuvo, además, que desacreditarse totalmente el pobre ideario socialista, para que, de nuevo, los pensadores e investigadores, sin demasiado miedo al escarnio, pudieran regresar al camino del *biologismo*.

Vida y evolución

Como es fácil de advertir, además del término *neodarwinismo* he apelado al de *biologismo*. ¿Por qué? Porque Darwin nos remite, fundamentalmente, a la idea de la existencia de la vida como un lento pero continuo proceso de evolución, mientras que el *biologismo* abarca, quizás, la fisiología detallada de ese proceso. Darwin, y antes que él Wallace, e incluso, su propio abuelo, Erasmus Darwin, establecieron lo que ocurría —la evolución—, y propusieron una brillante conjetura para desentrañarla —la selección natural—, pero esa explicación del origen de las especies, hoy aceptada por prácticamente toda la comunidad científica, sin excluir al Vaticano, dejaba sin atar numerosos cabos sueltos que son, precisamente, los que hoy, y desde hace medio siglo, comienzan a anudarse en diferentes direcciones.

Para Darwin —al fin y al cabo un zoólogo naturalista por encima de cualquier otra definición—, la vida era un proceso evolutivo surgido del azar, sin plan preconcebido, pero si se le pregunta a un biólogo de nuestro tiempo en qué consiste este curioso fenómeno de oxidación, de combustión de energía, que les ocurre a ciertos compuestos orgánicos en el planeta Tierra, lo más probable es que ofrezca una definición ligeramente diferente. La vida, en efecto, para este biólogo moderno, es un proceso evolutivo, pero evolucionar y diversificarse constantemente no es precisamente el objetivo de los organismos vivos. Los organismos vivos todo lo que intentan, frenética y desesperadamente, es prevalecer, reproducirse, trasmitir sus propios caracteres, duplicarse sin más, aunque el caso de los homínidos, para suerte de nuestra especie, esa urgencia se desplaza en el camino de la cerebración creciente. Sólo que en los complejos avatares de ese intento de multiplicación se producen curiosas y aleatorias bifurcaciones que unas veces —y siempre provisionalmente— acaban por derivar en hipopótamos, en estafilococos dorados, en claveles, o en monos desnudos que luego devienen corredores de bolsa en New York o guerreros animistas en la selva africana, por sólo citar dos oficios acaso no tan diferentes entre sí como pudiera parecer a simple vista.

¿Por qué esa oculta fuerza, ese impulso vital que mueve a cierta materia a desdoblarse, a reproducirse incesantemente? Por supuesto, no lo sabemos, pero sí sabemos que sin *eso* no habría vida. Ésa es, precisamente, la frontera entre la materia orgánica y la inorgánica. ¿Cómo se cruza esa frontera? Tampoco lo sabemos, pero podemos barruntar que cada vez que cierta materia inorgánica es sometida a determinadas condiciones naturales, es probable que se desencadene el fenómeno de la aparición de la vida, y que con él surja la extraña, polimórfica y mutante aventura de los seres vivos.

Sicobiología

¿Qué tiene que ver esta especulación científica con el análisis del nacionalismo? Bastante. Admito que voy dando un rodeo un tanto tortuoso, pero había que comenzar por identificar la atalaya desde que la asomamos. Si partimos de un criterio *biologista* y no estrictamente político, probablemente las conclusiones a las que llegaremos serán diferentes. No creo que contrarias, pero sí diferentes.

157

No es ociosa, pues, para este texto, la observación, tantas veces hecha, y aquí repetida, de que el elemento clave de todo lo que vive es esa ciega urgencia de reproducirse y prevalecer que presentan todas las criaturas. Si vamos a contemplar al organismo humano desde esta perspectiva, más vale que tomemos en cuenta este punto de vista. Y eso, exactamente, es lo que se desprende de las corrientes del pensamiento académico que hoy parecen dominar el campo de las ciencias sociales. Me refiero a la *sicobiología* y a la *sociobiología*, disciplinas muy cercanas en sus enfoques y totalmente complementarias. La *sicobiología* intenta explicar la conducta de los individuos como resultado de procesos físicos y fisiológicos que ocurren fundamentalmente —aunque no únicamente— en el cerebro; mientras que la *sociobiología* se propone encontrar la clave de los comportamientos colectivos en pautas secretamente dictadas por el organismo con el fin de que el grupo continúe acuñando su tenaz fenotipo generación tras generación.

El punto de partida de la *sicobiología* podrá remitirnos a Hipócrates y su teoría de los humores, o a Descartes y su aguda reflexión sobre el papel del yo y su localización en el cerebro, pero con mucha mayor precisión podemos situar el comienzo de esta disciplina en 1948, en Melbourne, Australia, cuando el médico John Cade tuvo la intuición de administrarle sal de litio a un sicótico maníaco-depresivo, hasta entonces incurable, comprobando, a las pocas semanas de haber comenzado el tratamiento, que desaparecían los estados de ansiedad, la locuacidad insoportable, o las voces y delirios que torturaban desde hacía décadas a un enfermo que, hasta ese momento, había sido tratado por medio del sicoanálisis sin ningún resultado apreciable.

No era el trauma inconsciente lo que lo martirizaba, ni era el complejo de Edipo lo que lo angustiaba, ni necesitaba sacudirse sus fantasmas por medio de la catarsis: el pobre sicótico era víctima, como tantos millones de personas, de una carencia química, de un desbalance hormonal, o de un oscuro trastorno fisiológico. Ése era el origen y el fin de su problema. Una vez restablecidas las funciones normales de su cerebro, la conducta del enfermo dejó de ser muy distinta a la de la mayor parte de las personas.

A partir de ese momento, la *sicobiología* comenzó a despegar y a marginar, progresivamente, los dos modelos de análisis con los que, hasta entonces, se pretendía entender la conducta humana. El sicoanálisis por un lado, y el *behaviorismo* o conductismo, por el otro, le fueron abriendo paso al estudio de la fisiología del cerebro y de los otros órganos que con él decidían u orientaban el comportamiento normal o anormal de las personas.

Naturalmente, esta vía de análisis de inmediato hallaba respuestas a numerosos interrogantes sobre la patología de la conducta, pero también dejaba abiertas tres preguntas clave sobre la *normalidad*: ¿qué era ser normal, más allá de una coincidencia estadística, por qué a nuestro organismo le convenía esa normalidad, y qué hacía para obtenerla?

Una de las respuestas se deducía de la adecuación entre la maduración de la personalidad y el desarrollo del cerebro. En efecto, la evolución del cerebro humano parece programada para provocar cierto tipo de conducta que contribuye a la prolongación de la especie: entre los dieciocho y los veinticuatro meses los niños y las niñas dan muestras de haber adquirido conciencia de su propia individualidad. En personas normales ese rasgo, ese ego diferenciado, permanecerá vigente hasta la muerte —o hasta el surgimiento de un grado avanzado de demencia senil—, condicionando la mayor parte de nuestros actos, y —en cierta forma— esclavizándonos.

Tras la aparición del yo, desde esa temprana edad, y de manera creciente, casi todos nuestros esfuerzos y desvelos estarán encaminados a satisfacer los requerimientos constantes de nuestra implacable autopercepción. De ahí nuestra necesidad de ser queridos, respetados y admirados. De ahí, también, nuestras perentoria necesidad de emular y competir, impulso que el sociólogo Thornstein Veblen consideraba casi tan poderoso como el instinto de conservación.

¿Por qué realizar el esfuerzo de escribir este capítulo sobre el nacionalismo? Sin duda porque nos gusta reflexionar sobre estos temas, pero también, y en gran medida, por la necesidad que tiene la mayor parte de las personas normales de alimentar con reconocimiento sus insaciables egos. ¿Y por qué la naturaleza ha colocado en las personas *normales* esa demanda constante de energía y esfuerzo? Probablemente, porque las actividades que estas necesidades provocan en nosotros generan una actividad que conviene para la supervivencia de la especie. Esa secreta fuerza que nos impulsa a levantarnos, asearnos, y salir a proclamar la lozanía y el vigor de nuestro yo, es el resultado de una orden inconsciente dada por nuestro cerebro.

¿Cómo sabemos eso? ¿Cómo podemos estar seguros de que la normalidad incluye la urgencia de defender y proclamar nuestro yo de manera permanente? Quizás viéndolo desde el punto de vista opuesto: asomándonos a eso a lo que comúnmente llamamos depresión. ¿Qué es la depresión? Es la ausencia de vitalidad sicológica y, a veces, física. Es la autopercepción negativa, la sensación de fracaso, la falta de energía para levantarnos a luchar por la proyección positiva de nuestra imagen exterior. Es lo que, en mal castellano, tomando el significado del inglés, pudiéramos llamar falta de *agresividad.* Carencia que destruye nuestras vidas y que, de propagarse, terminaría con cualquier sociedad organizada.

¿Cómo modula el cerebro nuestro comportamiento? Aparentemente, con sensaciones placenteras o dolorosas. Ante el éxito, la lisonja o la admiración general, sentimos algo agradable aunque vago. Ante el fracaso, el ridículo o el desprecio, sentimos aproximadamente lo contrario: malestar, incomodidad, vergüenza. De ahí que las personas normales estén a la permanente búsqueda del tipo de conducta que acarrea premios físicos y rehúyan las que provocan las reacciones opuestas.

Los instrumentos de los que se vale el cerebro para premiar y castigar a las personas son los neurotrasmisores. Estas sustancias químicas —y se conocen más de cuarenta— son verdaderos *mensajeros* que se mueven entre las neuronas en respuesta a descargas eléctricas de diferente intensidad que afectan el sistema nervioso. Los neurotrasmisores provocan la excitación o la inhibición de las neuronas, variando la proporción de ciertas sustancias en el organismo y provocando con esta variación un alejamiento en la dirección del placer o del dolor en la persona. De ahí que el antropólogo español José Antonio Jáuregui haya podido escribir lo siguiente que cito *in extenso*: «El cerebro es una máquina biológica adictiva. Está programada para adquirir adicciones: adicción a las drogas, sellos... libros, etc. ¿Por qué sufrimos cuando pierde nuestro equipo? Si cualquier sociedad territorial rival —sea Italia, sea Francia, sea Estados Unidos— humilla a España —en el terreno que fuere— su cerebro le castigará activando su zona emocional con una dosificación precisa y proporcional de los grados de adicción de su cerebro. El cerebro castiga sin piedad —es una máquina sin entraña— a su marioneta consciente y sintiente cuando ésta no cumple con la adicción adquirida: tantos grados de castigo emocional por no ingerir heroína o por asistir al espectáculo de que un equipo sufra una humillación.»

Sociobiología

Bien, si la *sicobiología* nos dice cómo nos castiga el cerebro cuando nuestro grupo sufre una derrota, la *sociobiología* intenta explicarnos *por qué* sucede esa cosa tan extraña: aparentemente, la supervivencia del grupo depende del grado de cohesión que mantenga, y esto exige una cierta solidaridad física y emocional.

No es verdad la vieja afirmación de que sólo me puede doler mi propia muela. También me duele, en alguna medida, la muela del otro miembro del grupo al que pertenezco, entre otras razones, porque se trata de un fenómeno de altruismo recíproco. «Yo le doy mi solidaridad y espero que él también me la dé a mí», sentimiento sin el cual seguramente el peligro de extinción del grupo se multiplica exponencialmente.

Ahora bien, ¿cómo se conjuga la existencia de un ego que lucha por plantar su individualidad y un grupo que exige su disolución en la unidad tribal? No creo que las ciencias sociales tengan una clara respuesta para esta pregunta, pero parece evidente que esa contradicción, esa tensión, forma parte de la naturaleza humana. En todo caso, ¿qué oscuro componente grupal o tribal contribuye de una manera decisiva a crear la identidad del individuo? Identidad que está hecha de sí misma y de la identidad de los otros. ¿Qué tiene de sí mismo, de original, el individuo? Nada más y nada menos que su carga genética personal y desesperadamente transferible. ¿Qué tiene de los demás? Lo tiene todo. El resto viene de los demás.

Reproduzcamos lo que escribió el ya citado antropólogo Jáuregui: «no nacemos suecos, ni italianos, ni españoles, ni alemanes. Pero nuestro cerebro, sin que nos enteremos con nuestro piloto consciente —*ma non troppo*—, se programa a la chita callando los símbolos alemanes o españoles... Los fans o fanáticos van a los campos de fútbol a saborear el gustirrín étnico que inevitablemente su cerebro les entrega en bandeja de plata por una victoria conseguida».

En otras palabras, la construcción del yo individual incluye una porción tremendamente importante del *ellos*, sin la cual sería imposible delimitar nuestro propio perfil personal, y esa identidad —por supuesto— está construida con un sinfín de elementos comunes: un fenotipo, un modo de comunicación verbal, ciertos gestos, ropa, mitos y creencias, normas de comportamiento, y un saludable, aunque muy peligroso, sentimiento de superioridad física o moral con relación a los otros grupos, que parece estar presente en todas las comunidades humanas. Las otras tribus siempre son las salvajes y las bárbaras. La nuestra siempre es la mejor.

Pero ni siquiera ese sentimiento de hostilidad hacia el ser extraño —rasgo que inevitablemente caracteriza al nacionalismo— debe ser considerado como una perversión de la naturaleza humana. Ya en 1919, más de medio siglo antes de que Edward Wilson publicara *Sociobiología: una nueva síntesis* —1975—, el sociólogo alemán Georg Simmel daba a conocer un libro, hoy considerado como clásico, titulado *Conflictos*, en el que estableció que «cierta cantidad de discordia, de divergencia interna y controversia externa, está orgánicamente vinculada a los elementos que mantienen al grupo unido [...] el *role* positivo e integrador del antagonismo se muestra en estructuras que se distinguen por la aguda pureza, cuidadosamente preservada, de sus divisiones sociales y graduaciones. El sistema de castas de los hindúes no sólo descansa en las jerarquías, sino también en la mutua repulsión de las castas. Las hostilidades no sólo evitan el surgimiento de lazos, sino evitan que los grupos desaparezcan».

Según Simmel la función del conflicto, y aun de la lucha violenta, es la de juntar grupos y personas no relacionados para dotarlos de un propósito común y de una coincidencia de intereses. Estas asociaciones y coaliciones impiden la atomización de los grupos y disminuyen los riesgos de extinción. Sin un enemigo exterior, real o imaginario, la cohesión interna de la tribu seguramente disminuiría de forma notable.

No hay duda de que la hipótesis defendida por Simmel no sólo posee un alto grado de verosimilitud, sino que también se ajusta perfectamente a los planteamientos que varias décadas más tarde hicieron el etólogo alemán Konrad Lorenz y el imaginativo dramaturgo, convertido en sociólogo, Robert Ardrey. En *Sobre la agresión*, en los sesenta, Lorenz expuso las peligrosas características de la agresividad humana —una agresividad que carecía de mecanismos de inhibición dentro de la propia especie—, mientras Ardrey explicaba la necesidad de controlar cierto territorio que los seres humanos compartían con otros primates de gran tamaño.

El hombre, pues, condicionado por su ser biológico, impulsado por la naturaleza al conflicto, a la conquista y a la agresión contra sus semejantes —porque de esa conducta tal vez deriva su única posibilidad de prevalecer como especie—, repite una y otra vez el tipo de comportamiento que hoy asociamos con los peores aspectos del nacionalismo.

Nacionalismo y cultura

De manera que barajamos una hipótesis biologista que casi puede expresarse con la cadencia de un silogismo: los seres humanos, integrados y surgidos en la naturaleza, como el resto de las criaturas vivas, y sujetos, como todas, a las incesantes leyes de la evolución, exhiben un tipo de comportamiento que se orienta a la preservación de la especie; ese comportamiento es guiado por medio de castigos y recompensas mediante la actividad de los neurotrasmisores; *ergo* es dentro de este esquema donde se inscribe el nacionalismo y donde debemos analizarlo.

Es decir, la existencia de grupos fuertemente cohesionados por unas señas de identidad comunes no parece ser más que una estrategia inconsciente de la especie para poder prevalecer. La nación es el nombre moderno de la tribu, del clan, del pequeño grupo que se desplazaba junto y unido por los bosques para tratar de alimentarse. La nación, si se quiere, es la versión humana y refinada del rebaño, de la piara, de la manada.

¿Es esto determinismo biológico? Sólo hasta cierto punto. Sabemos que el ser humano sólo puede sostenerse como parte de una comunidad. Su período de aprendizaje infantil es muy largo. Necesita de una familia que lo alimente, lo adiestre, y —sobre todo— lo enseñe a comunicarse verbalmente. Esa familia requiere agruparse con otras familias para sobrevivir. Esto nos condena al *gregarismo*, y ese instinto, en las sociedades complejas, acaba por generar una especie de macrotribu a la que solemos llamar «nación».

¿Cuál es el riesgo de este modelo de análisis? Naturalmente, que de él se pueden derivar excusas para justificar comportamientos xenófobos o agresivos. Si el conflicto, la hostilidad y el enfrentamiento son estrategias secretas de la especie para prevalecer ¿cómo oponernos a ellas sin contradecir las leyes de la naturaleza?

Obviamente, no somos las primeras personas que se enfrentan a este dilema. Thomas Hobbes, que puede, tangencialmente, considerarse como uno de los padres del liberalismo moderno, dedicó su *Leviatán* a analizar, desde el temor y la prevención, esas destructivas fuerzas ciegas que conducen al hombre al exterminio de sus semejantes, y llegó a la conclusión de que sólo un soberano omnímodo, voluntariamente acatado por todos, podía mantener la paz y la concordia; y su no tan contradictorio compatriota, John Locke, tantas veces citado en este libro, inspirado en el mismo punto de partida, acabó por proponer la fórmula democrática como antídoto contra los peligros inminentes a la naturaleza humana, negando a los déspotas los atributos de la soberanía popular, pero sin abandonar su sospecha de que a los hombres había que atarlos corto con la cadena de las leyes para evitar el caos y la disolución.

¿Qué respuesta da hoy la *sociobiología* a esas viejas inquisiciones? Tal vez aporte una novedosa interpretación: la idea de que el constitucionalismo y el Estado de Derecho, más que una gloriosa fabricación del intelecto, sean la expresión moderna de la vital urgencia de la especie por sobrevivir en un medio en el que ciertas actitudes humanas, muy importantes en el pasado para sostener la existencia de los hombres, hoy resultan contraproducentes. Y si esta propuesta es cierta, la obra de pensadores como los mencionados

Hobbes y Locke, como Milton y Harrigton, sería más bien la de intérpretes de un fenómeno que ya estaba ocurriendo, que la de inductores de ese fenómeno. Al fin y al cabo, las aglomeraciones urbanas, las guerras de religión, el comienzo posrenacentista de la idea del progreso como objetivo de las sociedades, y el surgimiento de la burguesía como resultado del incremento del comercio, tenían forzosamente que cambiar la naturaleza del Estado para que la vida pudiera prolongar su aventura. De manera que las personas, por el procedimiento de tanteo y error, versión cultural de los procesos de selección natural, fueron arribando a una forma distinta de organizar la cosa pública: la forma que desde el siglo XVII comienzan a proponer los pensadores protoliberales.

En otras palabras: si naturales resultan las fuerzas oscuras que impulsan a las personas a realizar actos destructivos, o a juntarse en naciones, naturales son también las fuerzas que operan en la dirección contraria. Contradicción que no debe extrañarnos, porque ya sabemos que la misma persona insensible y brutal capaz de degollar de un tajo a un prisionero esposado, estaría dispuesta, muchas veces, a arrojarse sobre una granada enemiga para salvar a sus compañeros, o penetrar en un edificio en llamas para proteger a un niño de morir abrasado. Y ambas actitudes, lejos de constituir un enigma irracional, acaso no sean otra cosa que la expresión de una naturaleza que necesita ambos comportamientos para no ser borrada de la faz de la tierra.

¿Adónde nos conduce esta reflexión con respecto al nacionalismo? A una conclusión que tiene, como el dios Jano, dos caras. La primera es que el nacionalismo, esa indoblegable voluntad de la tribu de andar junta y de hacer junta su destino, no debe ser reprimido ni evitado, porque forma parte de la más íntima y delicada naturaleza humana. Y la segunda es que esa tendencia instintiva, para que no sea letal, tiene que ajustarse al imperio de las leyes, los controles democráticos y a la autoridad de la moral.

Por último, creo que analizar el fenómeno del nacionalismo desde un ángulo biológico —sociobiológico, sicobiológico— lejos de procurarle una excusa a sus defensores, coloca el tema bajo un ángulo que acaso contribuya a quitarle dramatismo y peligrosidad. No es lo mismo pensar en la nación como una entidad sagrada por la que hay que matar o morir, por la que hay que partirle el corazón a quien mancille la bandera, como dice el corrido mexicano, que pensar en la nación como la expresión moderna de un viejo instinto gregario concebido por nuestro organismo como una estrategia para la supervivencia de la especie. Lo segundo, me parece, sitúa a la persona en un plano analítico en el cual disminuyen los riesgos de convertir a nuestra tribu en un grupo peligroso frente a otras tribus distintas. Esa sensación de pequeñez e indefensión a que se llega cuando uno asume, humildemente, el rol de «mono desnudo» que decía el etólogo Desmond Morris, es un buen antídoto contra las supercherías de la supremacía racial y contra los estados de patriotismo hipertrofiado. Si nosotros consiguiéramos inculcarles a las personas que el nacionalismo o el amor a la patria, más que actitudes sublimes son respuestas biológicas implantadas en nuestro comportamiento tras decenas de miles de años de difícil convivencia, quién sabe si lograríamos, paradójicamente, unas actitudes más frías y racionales, y —también— más comprensivas y tolerantes hacia las manifestaciones externas de este fenómeno.

Naturalmente, esta concepción es muy poco hospitalaria con una visión del planeta en la que se hayan borrado las patrias y las naciones, y la humanidad —toda— navegue bajo la misma bandera. Mientras el individuo necesite de otros para dotarse de una identidad propia, esa identidad siempre requerirá de grupos distintos para establecer el contraste. Y mientras la fuerza vital que anima a nuestra especie y la impulsa a continuar reproduciéndose se mantenga vigente, existirá una urgencia ciega hacia la constitución de grupos

diversos e inevitablemente competidores, es decir, potencialmente hostiles.

Es nuestra mayor labor, sin embargo, como señalaron
Hobbes y Locke, impedir que ese oscuro mecanismo interior
degenere en violencia. Precisamente a eso se han dedicado
las más notables cabezas liberales en los últimos trescientos
años.

IX

INMIGRACIÓN Y CAPITAL HUMANO

Cada año, desde hace una década, unos veinte millones de personas en todo el planeta empaquetan media docena de objetos preferidos, protegen celosamente las fotos de los abuelos y echan a andar por esos mundos de Dios en busca de un mejor destino bajo el sol. Todos los días diez mil personas piden asilo o refugio en algún país distinto al que les vio nacer. África, por supuesto, se lleva la triste palma por el bárbaro conflicto entre tutsis y hutus y por las interminables guerras civiles de Angola y Mozambique, pero los desplazamientos en la culta Europa no son menos espeluznantes ni cruentos, aunque la escala sea más reducida. La contienda yugoslava, con sus atrocidades sin límite, puso en los a veces helados caminos de los Balcanes a cientos de miles de víctimas y damnificados de esa bárbara matanza. Por otra parte, literalmente, millones de rusos, ucranianos, polacos, húngaros, rumanos y búlgaros intentan penetrar en el Occidente de Europa por todas las vías imaginables; una Europa que hoy —irónicamente— levanta una cortina de leyes para tratar de impedir una de las consecuencias del ansiado desmantelamiento de la odiada cortina de hierro. Y mientras esto sucede en la frontera Este, por el sur, en la otra orilla del Mediterráneo, una cantidad aún mayor de magrebíes —libios, tunecinos, argelinos y, especialmente, marroquíes— intenta cruzar el mar en avión o en frágiles *pateras*, como en España se les llama a las balsas y botes utilizados por estos inmigrantes ilegales de origen árabe.

En efecto, el triste espectáculo de los balseros cubanos, y —sobre todo— de las balsas vacías, no es un privilegio exclusivo de los floridanos. En el sudoeste de España no hay noche en la que unos marroquíes desesperados no intenten cruzar el brazo de mar que los separa de Europa en naves mucho más frágiles que las empleadas hace mil trescientos años por el pequeño ejército de Tārik, caudillo, por cierto, que le dio nombre al estrecho de Gibraltar y comenzara en el sur de España una aventura que duró nada menos que ocho siglos.

Lo que vale un inmigrante

¿Qué desata este fenómeno? Por supuesto, las guerras, la pobreza y la falta de oportunidades, pero creo que aquí vale la pena afinar un poco la mirada y comenzar a establecer matices. Quienes huyen de Bosnia o de Ruanda lo hacen por salvar la vida. Lo que los mueve es el muy humano instinto de conservación. Sin embargo, los cientos o quizás miles de mexicanos que todas las noches cruzan la frontera norte de su país, y una buena parte de los cubanos que se echan al mar, van tras la muy razonable ilusión de obtener una vida mejor. Naturalmente, las situaciones de México y la República Dominicana son mejores que la de Cuba, muy especialmente en el terreno de las libertades civiles, pero es sólo una cuestión de grados. Lo que buscan los campesinos mexicanos o dominicanos, y lo que desea un altísimo porcentaje de los balseros cubanos, es aproximadamente igual: un futuro mejor que la agobiante realidad que los aplasta. Buscan, en gran medida, la oportunidad de poder labrarse un destino más próspero y eso, claro, me parece tan válido y admirable como emigrar por culpa de unos bárbaros que nos persiguen o martirizan.

¿Vale la pena establecer esa diferencia entre *emigrantes accidentales*, producto de una catástrofe natural provocada por la estupidez humana, y los *emigrantes económicos* que procuran, fundamentalmente, mejorar su posición personal y la de sus familiares? Sí, porque una de las más extrañas paradojas que provoca esta diferencia consiste en que los pueblos que reciben a los inmigrantes, generalmente sin grandes síntomas de hospitalidad, con frecuencia discriminan a los *económicos* en beneficio de los *accidentales* que han llegado empujados por alguna forma de injusta y súbita persecución política, étnica o religiosa. Y lo contradictorio de esta situación es que pocas cosas convienen más a una sociedad que la llegada del extranjero de adultos jóvenes deseosos de trabajar y abrirse paso en la nueva patria de adopción. Es decir, no hay tal vez sobre la tierra mejor *negocio* que importar, sin costo, trabajadores dispuestos a arrimar el hombro. No hay forma más rápida y sencilla de enriquecer a una sociedad que abrir las puertas a los inmigrantes económicos.

Me explico: todo adulto en edad de trabajar es portador de un capital económico y es, en sí mismo, el resultado de una cuantiosa inversión realizada en el pasado por la sociedad de la que procede. Comprendo que se sienta cierta repugnancia a asignar valores económicos a las personas, pero si uno es capaz de vencer esa resistencia inicial quizás adopte otra actitud con relación a los inmigrantes. Tomemos, por ejemplo, el caso del humilde obrero agrícola mexicano, con tres años de escolaridad y cinco de experiencia campesina. ¿Cuánto costó alimentarlo desde el día del parto hasta su decimoctavo aniversario? ¿Cuánto vale, en la sociedad americana, en la que sólo cuatro de cada cien personas saben o quieren cultivar la tierra, un obrero diestro en la siembra o recolección de tomates, lechugas o cítricos? Pero saltemos al otro extremo del arco profesional y preguntémonos ¿cuánto ha costado el físico ruso Fedor Popov —por inventar un nombre— desde el momento en que su madre lo trajo al mundo en un hospital del Estado, hasta el día en que defendió brillantemente en la Universidad Lomonosov de Moscú una tesis sobre la *Teoría de las Cuerdas*, o —si se tratara de un matemático— sobre la aplicación práctica de algoritmos al desarrollo de ciertos programas cibernéticos?

Alguna vez leí que un joven médico que cruza la frontera con su diploma bajo el brazo está aportando a la sociedad que

171

lo acoge un cuarto de millón de dólares. Eso es lo que, en dinero contante y sonante, ha costado alimentarlo, vestirlo y educarlo hasta los veinticinco años, pero una auditoría más refinada podría añadir una suma infinitamente mayor, porque para que este joven pudiera graduarse de especialista en trasplantes de corazón o en simple médico de familia, su país tenía que gozar de una carísima complejidad técnica y científica, y su propio ámbito familiar debía tener ciertas características culturales de difícil cuantificación económica, pero, sin duda alguna, muy costosas. Naturalmente, desde esa perspectiva el capital humano es mucho más elevado. ¿Cuánto trajeron a América en sus delicados cerebros aquellos portentosos intelectuales judíos surgidos en Viena a principios del siglo XX? ¿Cuánto cuesta o vale esa extraordinaria experiencia cultural del imperio austrohúngaro que traían en la maleta? ¿Cuánto valían la Viena, el Berlín o el Amsterdam de los emigrados europeos de la primera mitad del siglo XX? ¿Cuánto aportaron los intelectuales españoles de la segunda república que se afincaron en México o en Argentina?

¿A cuántos admitimos?

Lo que quiero decir es que todo trabajador, por el hecho de serlo, aporta al bien común una cantidad de capital humano que puede ser enorme, como ocurrió con Einstein, o menor, como sucede con el último bracero marroquí llegado a España en una patera, pero todos, absolutamente todos, traen mucho más de lo que costará el relativamente breve período de asentamiento.

Una sociedad es siempre una comunidad en la que hay un número de personas que trabaja —generalmente, cuando hay suerte, un cuarenta por ciento—, otro que se prepara para trabajar, más un tercero que ha dejado de hacerlo. Para que la sociedad prospere, los que trabajan tienen que crear para ellos y para los otros más bienes de los que consumen. Obviamente, todo brazo que se sume a esa tarea beneficia al conjunto y debería ser bienvenido, aunque —lamentablemente— no suele ser así. ¿Por qué? El argumento más comúnmente esgrimido es el que califica al recién llegado de *extranjero indeseable* que les quita el trabajo a los nacionales. ¿Es eso cierto? Por supuesto que no.

Los emigrantes sólo acuden a las zonas en las que saben que van a encontrar empleo, y no creo que haya un indicador más fiable a la hora de juzgar las oportunidades disponibles en los diferentes países que la dirección de las migraciones. Cuba fue —por ejemplo—, hasta la década de 1960, un país receptor de inmigrantes, y a partir de ese momento invirtió la tendencia y se convirtió en un difícilmente contenible río migratorio. Sólo ese dato, y conocer, por ejemplo, que en el consulado de Cuba en Roma, en 1959, había 11.000 solicitudes de visas de inmigrantes, explica la dimensión del desastre cubano.

Pocas personas saben que, si se toma en cuenta el tamaño y la población de Cuba, entre 1902 y 1925 la isla se convirtió, proporcionalmente, en el primer país receptor de inmigrantes del mundo. Más que Estados Unidos, Argentina o Canadá, mecas por aquel entonces de los flujos migratorios. Cuando comenzó la república, en 1902, en Cuba había un millón cuatrocientos mil cubanos, y entre esa fecha y la toma de posesión del general Machado, en 1924, unas ochocientas mil personas viajaron a la isla con el propósito de asentarse, aunque no todas lo hicieron. En ese cuarto de siglo, por cierto, el país, pese a las diferentes convulsiones políticas que lo sacudieron, evolucionó económica, cultural y socialmente de manera impresionante.

¿Cómo pudo dar Cuba ese enorme salto —recuérdese que entre 1895 y 1898 la isla sufrió una espantosa guerra— pese a estar recibiendo una verdadera invasión de inmigrantes? La respuesta no deja de ser irónica: el despegue se debió, precisamente, a la ola migratoria. Aquella legión de gallegos, asturianos y canarios ansiosos de laborar, ahorradores e incansables, inyectaron un enorme brío en la sociedad cubana, fortalecieron la ética de trabajo y crearon el caudal de riqueza que colocó a Cuba en el pelotón de avanzada de América Latina.

Este cuadro social, por supuesto, no es privativo de Cuba. Fue lo que sucedió en Argentina desde los gobiernos de Mitre y Sarmiento, cuando los liberales argentinos tomaron en cuenta la vieja sugerencia de Alberdi, *civilizar es poblar*, y le abrieron las puertas a la fecunda inmigración italiana. Fue lo que ocurrió en Venezuela tras la desaparición de Juan Vicente Gómez en los años treinta. Más aún: aunque no dispongo de datos para probarlo, me atrevería a afirmar que gran parte de los bolsones de riqueza creados en Brasil o Perú se debió a la inmigración de cientos de miles de campesinos japoneses portadores de ciertos valores fundamentales para la creación de riqueza. Y ese mismo, seguramente, es uno de los secretos del éxito fenomenal del Estado de Israel, una nación en la que, desde 1948, no se ha detenido un solo día el torrente de inmigrantes, y aun desde antes, desde finales del siglo XIX, cuando sólo era el sueño increíble de Teodoro Herzl y un puñado de sionistas visionarios reunidos en Suiza para diseñar el retorno a una incierta Tierra Prometida.

Migraciones, gastos y empleos

No obstante los mil ejemplos que es posible aportar, una y otra vez suelen erguirse dos argumentos falaces contra los inmigrantes. El más difundido es el de quienes repiten que los recién llegados desplazan a los nativos del mercado laboral, y eso —aunque pueda ser cierto en casos aislados— es totalmente falso en números grandes. Los inmigrantes se enteran, de mil formas diversas, casi siempre a través de testimonios familiares o de amigos, sobre las oportunidades laborales que existen, y entonces se trasladan a ocuparlas.

Nadie voluntariamente va allí adonde no hay promesas de ganarse la vida. Nadie va a arrebatarle el puesto de trabajo a nadie. Los españoles, cuando España no formaba parte de la Comunidad Europea, y era —por tanto— complicado emigrar a Alemania en busca de trabajo, se las arreglaban para viajar hasta ese país para gestionar un empleo, sólo porque sabían que esa oportunidad potencial existía. Hoy, que ambas naciones forman parte de la Unión Europea, y es mucho más fácil, desde el punto de vista legal, radicarse en Alemania, casi nadie lo hace, porque, sencillamente, los españoles saben que no hay muchas oportunidades en ese país tras la caída del Muro y la absorción de la Alemania del Este.

El segundo argumento en contra de los inmigrantes tiene una estrecha relación con el anterior. Es el que afirma que el costo de los servicios que consumen estos inmigrantes es intolerable, no sólo por el volumen, sino porque ellos no han contribuido al bien común del que ahora pretenden beneficiarse. Ese punto de vista no toma en cuenta, primero, que si bien es cierto que el inmigrante no ha aportado nada, vía impuestos, a la sociedad que lo recibe, tampoco esa sociedad le paga por lo que él trae como obsequio: su formación profesional, su experiencia laboral, sus cultivadas aptitudes y actitudes, incluso sus dos manos desnudas pero dispuestas a realizar los trabajos más duros y poco apetecibles. Por otra parte, los estudios más solventes indican que los inmigrantes toman de la sociedad mucho menos de lo que entregan, y —en números reales— mucho menos de lo que reclaman quienes formaban parte de la sociedad desde una o dos generaciones antes de la llegada del extranjero. Es muy simple: para servirse de lo que una *sociedad de bienestar* puede ofrecer —becas, beneficios, prestaciones de todo tipo—, hay que conocerla a fondo, y esto no ocurre hasta que la persona está totalmente integrada, estadio al que suele llegarse en la segunda generación, no en la primera.

En efecto, salvo en algunos casos notoriamente extraños,

tampoco es cierto que las personas emigren para beneficiarse de las ventajas que ofrecen los modernos *Estados de bienestar*. Es difícil creer que la persona que no quiere trabajar, ni pretende luchar por una vida mejor, elija la siempre riesgosa emigración como fórmula para lograr sus raquíticos objetivos vitales. Por el contrario, lo que la experiencia parece demostrar es que los emigrantes tienen unos niveles de *agresividad* laboral —en el sentido inglés de la expresión— bastante más acusados que las personas sedentarias.

Tres veces en mi vida he emigrado —de Cuba a Estados Unidos, de Estados Unidos a Puerto Rico y de Puerto Rico a España—, y entre emigrantes he pasado las dos terceras partes de mi vida, y todavía no he encontrado al primer emigrante que decidiera dejar su patria o su entorno familiar para vivir de la caridad pública de las naciones más ricas. Generalmente el vago, el ocioso, el que no tiene energía o imaginación para ganarse la vida, es demasiado pusilánime para emprender el azaroso camino del destierro.

Los prejuicios

El rechazo a los inmigrantes, pues, no se sustenta sobre hechos concretos, sino sobre prejuicios y simplificaciones que suelen esconder miedo a personas diferentes, a las costumbres que traen o a modos de comportamiento que no nos resultan familiares.

Esas actitudes, sin embargo, no deben sorprendernos. Todas las sociedades se comportan más o menos de la misma manera con sus inmigrantes. El rechazo a los chicanos en California, aunque mucho más publicitado, no es muy distinto del que sufren los bolivianos en Argentina, los argelinos en Francia, los gitanos en toda Europa y —tal vez— los judíos rusos que hoy emigran a Israel o los oscuros y misteriosos falaches que hace algunos años consiguieron escapar de Etiopía rumbo a Jerusalén. ¿Por qué existe ese rechazo aprendido o instintivo al que es parcialmente diferente? Un sociobiólogo diría que se trata de un mecanismo defensivo naturalmente desarrollado a través de decenas de miles de años de hostilidades entre grupos distintos. Puede ser, pero de la misma manera que hemos abandonado las primitivas formas de vida, el canibalismo o la esclavitud, debemos hacer un esfuerzo consciente por despojarnos de los impulsos atávicos que en alguna medida gobiernan nuestra conducta.

Fue precisamente Baruch Spinoza, un judío de origen sefardita afincado en Holanda, quien proclamó la tolerancia como el elemento clave de la convivencia pacífica, y fue él quien primero consiguió definir esta virtud de la forma más clara y concisa: aprender a convivir con aquello que no nos gusta, respetar a quienes son diferentes a nosotros, sin intentar adaptarlos a nuestros usos y costumbres.

Aquel hombre profundo y sencillo, que conocía de memoria los atropellos que habían sufrido sus antepasados en España por el mero hecho de tener una religión y ciertos comportamientos distintos, sabía que sólo se podía conseguir la paz social y el respeto a la dignidad de las personas, si en la sociedad prevalecía un clima de tolerancia hacia el prójimo.

Parece increíble, pero la defensa de la tolerancia como virtud clave de la convivencia cívica no fue una causa públicamente defendida hasta el siglo XVII de nuestra era, aunque quizás lo más dramático es que esa batalla no ha sido ganada todavía. Mas grave aún: me parece observar cierto retroceso que en California se expresa por la abrumadora aprobación de la Enmienda 187, en Francia y en Italia por el aumento de los electores de extrema derecha, encharcados en el más hondo racismo, y en toda Europa por la aparición de esos *skin heads* que lo mismo se entretienen en profanar cementerios judíos que en incendiar viviendas de inmigrantes turcos o en golpear a pobres africanos que malganan su pan vendiendo baratijas en las calles.

Lo que hay que hacer

Ante ese lamentable cuadro social, es fundamental adoptar una actitud activa y militante en defensa de las víctimas de los prejuicios y en la denuncia de quienes practican la xenofobia, el racismo o la persecución por razones ideológicas o religiosas. No hacerlo es dejar el camino libre al crimen y a los atropellos contra personas que no pueden defenderse.

Por supuesto, la primera trinchera tiene que ser el propio hogar. La tolerancia, en gran medida, es un valor que se trasmite dentro de la familia. Son los mayores los que tienen que enseñar a sus hijos, como quería Spinoza, a que convivan con aquello que no les gusta, sin intentar imponer a los demás los modos de conducta propios. Y esto es importante hacerlo cuanto antes, porque la idea de una aldea global que se nos viene encima significa que cada vez con mayor rigor estaremos expuestos a lenguas y culturas diferentes.

Pero no nos hagamos ilusiones: en la medida en que nuestras sociedades se vayan haciendo más heterogéneas, más diversas, aumentarán las tensiones y con ellas también aumentarán las tentaciones de marginar a quienes son diferentes al *main stream* o corriente central de la sociedad. Es importante, pues, luchar contra esta tendencia y recordar, melancólicamente, que todo grupo social marcha hacia su desintegración, a menos que mantenga una exquisita vigilancia sobre el funcionamiento de las instituciones democráticas. Nosotros sabemos lo que vale la libertad y sabemos lo que constituye la esencia y ley suprema de las Escrituras: compórtate con los demás como deseas que se comporten contigo; no les hagas a los otros lo que no quisieras que a ti te hicieran. Especialmente si son inmigrantes. Necesitan de nuestra ayuda. Nosotros necesitamos la de ellos.

X

LA PAZ EN LA ERA DE LA ALDEA GLOBAL

El fin de la bipolaridad —qué duda cabe— significa una disminución sustancial del riesgo de un enfrentamiento atómico entre las superpotencias. Magnífico. Y el fin de la Guerra Fría trae aparejada la desaparición de la pesadilla de un planeta dominado por el totalitarismo comunista o sujeto a lo que, hace pocos años, se denominaba la «finlandización». Excelente. Pero estas circunstancias, extraordinariamente felices, tal vez nos oculten la más profunda de las paradojas: el fin de la bipolaridad no ha dado paso al supuesto surgimiento de la multipolaridad, y ni siquiera al de la monopolaridad. Lo que hoy acontece, lo que caracteriza a nuestro mundo, es la apolaridad.

Sencillamente, ya no hay sobre la tierra un polo, una potencia rectora, que mantenga la ley y el orden en el planeta. Es cierto que hoy Estados Unidos posee un poder económico, científico, y —sobre todo— militar, absolutamente imbatible, pero no se vislumbra en ese país una enérgica vocación de liderazgo. Es como si la desaparición de la URSS hubiera liberado a los norteamericanos de sus más incómodas responsabilidades globales. Unas responsabilidades —por cierto— asumidas a regañadientes tras el fin de la Segunda Guerra Mundial, pero completamente ajenas a la tradición fundamentalmente aislacionista de la nación americana.

Es obvio: como los norteamericanos ya no se sienten en peligro, la defensa de la libertad o los Derechos Humanos ajenos han dejado de ser una prioridad nacional. Esto fue fácilmente comprobable en la crisis de Haití. A los ojos de la sociedad y de la clase dirigente norteamericanas podía parecer repugnante el aplastamiento de la voluntad popular expresada en las urnas haitianas, pero carecía de sentido encabezar una acción enérgica para restablecer la democracia y salvar a los haitianos de la barbarie de otros haitianos. Si lo hicieron, fue a regañadientes y más como consecuencia de la presión del *caucus* negro en el Congreso que por convicciones firmes.

Europa y Japón

De Europa puede decirse exactamente lo mismo. La Unión Europea es una potencia económica y militar que se forjó frente y tal vez gracias al asedio del Pacto de Varsovia, pero la animaba, básicamente, un instinto defensivo, y no la urgencia moral de propagar por el mundo los mejores valores de Occidente. Por eso la reacción ante las matanzas vergonzosas en lo que fuera Yugoslavia fue puramente ceremonial, casi simbólica. Ningún país de la llamada «Europa libre» estaba dispuesto a sacrificar gran cantidad de soldados o recursos en un conflicto en el que no se jugaba, ni remotamente, la seguridad nacional.

Con relación a Japón, es aún más notable la mínima vocación imperial que hoy exhibe el archipiélago. Japón, desde Hiroshima y Nagasaki, no quiere ser un actor de primera línea en los asuntos políticos mundiales. Tras la guerra lo obligaron a inhibirse de participar en los asuntos internacionales, pero muy pronto descubrió las dulces ventajas que otorga la indiferencia.

Ser una potencia hegemónica cuesta mucha sangre, sudor y lágrimas. Cuesta muchos soldados, mucho duelo, mucho dinero, muchas tensiones internas. Esa lección, en el pasado, ya la habían aprendido los españoles, los franceses y los ingleses, pero ahora todo ha cambiado. Hoy se adquiere importancia y peso específico por el volumen de las cuentas bancarias, la densidad de los saberes científicos, el dominio de la técnica y la calidad y la cantidad de la producción de bienes y servicios. El poder, en las proximidades del siglo XXI, está en los laboratorios y las universidades, en las bibliotecas y en las fábricas. Y ese poder hoy se expresa en el PIB y no en el número de soldados o en el perímetro del territorio conquistado. No entender eso, precisamente, fue la perdición de la URSS.

Un orden mundial democrático

Éste es mundo en el que vivimos: un mundo sin una cabeza real, aunque con algunas zonas notoriamente musculosas. ¿Es preferible este mundo acéfalo, carente de un polo realmente dominante? Probablemente, no. Probablemente se está perdiendo una oportunidad única en la historia de crear, verdaderamente, un nuevo orden mundial democrático y libre en el que prevalezcan los valores que mejor preservan la paz, hacen posible el desarrollo y acaban por crear un universo más justo. No se trata de imponerle al resto del planeta, por la fuerza, el modelo eurocéntrico de civilización, sino de defender, en todas partes, por la conveniencia de la colectividad, la forma de convivencia que mejor garantiza el fin de la tiranía, la erradicación de la violencia y la desaparición o el alivio de la pobreza. Flagelos que ha padecido la humanidad desde que se tiene noticia escrita de la existencia del hombre.

¿Por qué empeñarnos en una tarea tan difícil y costosa? Por varias razones. La más obvia, desde Kant, se ha repetido muchas veces: porque las democracias no suelen hacerse la guerra entre ellas. Son, por vocación, pacíficas y vegetarianas. Sólo atacan cuando se sienten amenazadas. Un poder atomizado —como sucede en las democracias— y sujeto al libre escrutinio de la prensa, no puede desenvainar los sables alegremente.

Pero hay otros motivos igualmente poderosos y —en cierta medida— egoístas: a todos nos conviene un mundo próspero, un mundo con el cual comerciar intensamente; y las tiranías siempre, a corto, medio o largo plazo, desembocan en el caos social y en la pobreza, aunque sólo sea porque dejan sin resolver el elemento clave en cualquier sociedad: la indispensable carga de legitimidad que se necesita para gobernar, y un mecanismo razonable que permita trasmitir la autoridad de forma organizada y predecible. La URSS puede ser —otra vez— un trágico ejemplo que explica cómo y por qué la fuerza bruta, al final del camino, conduce a la catástrofe. Como hemos repetido una y otra vez, no es una casualidad que los veinticinco países más ricos y desarrollados del mundo sean veinticinco pacíficas democracias, sujetas al imperio de la ley y estructuradas en torno a la economía de mercado. La riqueza y la prosperidad son el fruto más evidente de la libertad.

Más todavía: si el aislacionismo, la neutralidad y la indiferencia eran comprensibles en el pasado, en la época de la aldea global estas actitudes han perdido una buena parte de sus justificaciones. Hoy todos somos serbios, bosnios, croatas, tutsis o zulúes, porque la ciencia y la técnica están realizando el milagro de ir congregando a la especie, milímetro a milímetro, en un sitio de confluencia no muy distinto de aquel *Punto Omega* que avizoró —de otra manera— el pensador Teilhard de Chardin.

No parece, pues, muy descaminado exhortar a los dirigentes de las grandes democracias a que ejerzan un enérgico liderazgo en el mundo de hoy. Es posible invocar para ello razones morales y prácticas, pero todavía quedaría por resolver un problema espinoso: la verdad dolorosa es que nuestras sociedades entienden la situación pero no quieran pagar la cuota de sacrificios que se requiere para solucionarla. No quieren cargar con lo que los españoles llaman «el peso de la púrpura».

Un ejército internacional profesional

¿Cómo se puede, en estas circunstancias, fortalecer ese tan necesario *polo democrático* sin que nuestros pueblos les den la espalda a los políticos que intentan la difícil tarea de crearlo? La respuesta está en dotar a los organismos internacionales de ejércitos profesionales, también internacionales, bien remunerados, capaces de imponer la paz y de reprimir la tiranía sin que sus acciones despierten el rechazo de las sociedades.

Ante los horrores de la guerra yugoslava la primera reacción de casi todas las personas honorables fue una dolorida exclamación: «¡Por Dios! ¿Cómo no detienen esa espantosa matanza?» Pero enseguida llegaron las matizaciones: «que la detengan otros». Nadie —comprensiblemente— quiere poner los muertos o la bolsa, los dos elementos con los que se detienen las guerras. Y el político que tome la decisión de aportar unos u otras corre el riesgo de ser barrido en las elecciones siguientes.

La probable solución a esta contradicción —insisto— está en crear ejércitos internacionales, sujetos a mandos internacionales. No *cascos azules* vinculados a su país de origen, sino directamente a la *ONU*, y acaso divididos por regiones: la *Unión Europea*, la *Organización de Estados Americanos* —OEA—, la Organización de la Unidad Africana —OUA—, etc.

¿De dónde saldría el presupuesto para pagar esta policía mundial? Seguramente del presupuesto de defensa de cada una de las democracias responsables. Y ello no tiene, necesariamente, que aumentar los costos: lo que se gasta en mantener la paz y la libertad en el extranjero disminuye sensiblemente los costos de cuidar las fronteras propias y protegerse de hipotéticos adversarios del exterior.

Nunca la humanidad ha gozado de mejores condiciones para acercarse al viejo sueño de contar con algo parecido a un gobierno mundial. Un gobierno capacitado para imponer sobre la tierra el respeto a la ley internacional y la paz entre las naciones.

Es difícil —claro— pensar que se logrará crear una institución de esta naturaleza, pero eso no revela la dificultad de la tarea sino algo más preocupante: la corta visión de muchos de nuestros líderes. Gente que no ha entendido que el costo de no crear un fuerte, activo y único *polo democrático* es muchísimo más bajo que el de continuar paralizados por la ingenua superstición de que ya pasó el peligro.

El peligro —realmente— nunca pasará del todo. De lo que se trata es de impedir que nos desborde, y eso sólo puede lograrse tomando la iniciativa cuanto antes, ahora que ya nadie puede o quiere impedirlo. Ahora que es totalmente posible porque la historia se ha colocado, sin ambigüedades, de nuestro lado.

México y Estados Unidos

Dentro de esa visión, vale la pena referirnos a las intervenciones militares de Estados Unidos en el Caribe, vistas desde la perspectiva histórica, hasta llegar a algunas consideraciones contemporáneas muy propias de la era del poscomunismo, las comunicaciones globales y el establecimiento de alianzas internacionales que trascienden y superan el concepto de nación-estado.

Comienzo por advertir que excluyo de este texto cualquier análisis de los conflictos entre Estados Unidos y México de la primera mitad del siglo XIX porque no constituyen, realmente, intervenciones militares, sino simples guerras imperiales destinadas a las conquistas de nuevos territorios, sin otra justificación que la supuesta superioridad moral y política invocada por el invasor, dado que no existían coartadas legales que las justificaran. Tan evidente era la falta de legitimidad norteamericana para engullirse la mitad del territorio de México, que Washington obligó a los derrotados a *vender* a los triunfadores las tierras arrebatadas para poder fundar sobre esta transacción comercial el derecho de los norteamericanos a ejercer la soberanía en las zonas tomadas al enemigo.

¿Fue «bueno» o «malo» ese zarpazo imperial norteamericano? Según Marx —y para escándalo de sus lectores contemporáneos— fue malo para México, que perdió casi el 50 % de su territorio, pero bueno para los mexicanos que habitaban en la zona, pues con el cambio de soberanía ganaban el acceso a una sociedad progresista, más justa, educada y esperanzadora. Con los *gringos* —y parece que en esa guerra surgió la palabra— llegaban la ley, las escuelas, los ferrocarriles y la modernidad. En todo caso, las tendencias migratorias que desde entonces se observan en la región tal vez indiquen que el análisis de Marx continúa vigente. Desde aquellos años a la fecha de hoy, literalmente millones de mexicanos han cruzado la frontera para buscar un mayor grado de prosperidad y bienestar bajo la bandera del agresor. Para México lo ocurrido en la década de los cuarenta en el siglo XIX fue una enorme tragedia. Para muchos mexicanos parece haber sido una peculiar bendición.

Intervenciones en el Caribe

Al margen de este episodio mexicano, y aun antes de que ocurriera, Estados Unidos creó un marco teórico en el cual fundamentar una política que le permitiera intervenir en los asuntos de otras naciones. Me refiero, por supuesto, a la famosa *Doctrina Monroe* proclamada en 1823 ante el temor de que la *Santa Alianza* —Francia, Austria, Prusia y Rusia— intentara restaurar el poder español en América.

La *Doctrina Monroe* se inscribe en una tradición diplomática que toma del cardenal Richelieu el concepto del *inte-*

rés o seguridad nacional y de los ingleses la idea del *equilibrio de poderes*. Para los norteamericanos —que en 1812 ya habían sufrido el violento regreso de los ingleses y el incendio de Washington—, el interés nacional podía definirse como la conveniencia de mantener a las naciones europeas allende el Atlántico, objetivo que casaba perfectamente con la noción de un equilibrio geopolítico en el que Washington quedaba como poder hegemónico en el Nuevo Mundo, a cambio de no inmiscuirse en los asuntos europeos.

Curiosamente, que la *Doctrina Monroe* pudiera prevalecer, e incluso, que Estados Unidos emergiera como un poder internacional, en gran medida era el resultado de que en Europa también dominaban los pilares conceptuales del interés o seguridad nacional y del equilibrio de poderes. Napoleón Bonaparte —por ejemplo— que dedicó su corta y fulminante vida a la conquista de medio mundo, en 1803 le vendió Louisiana a Estados Unidos con el objeto de crearles a los ingleses un formidable enemigo capaz de balancear su tremendo poderío marítimo. Sin embargo, veinte años más tarde serían los ingleses quienes respaldarían la *Doctrina Monroe* sin otro propósito que impedir el fortalecimiento peligroso de la denominada *Santa Alianza* con la hipotética reconstrucción del imperio español en América. Recuérdese que poco antes de la proclamación de la *Doctrina Monroe,* los *Cien Mil Hijos de San Luis* habían puesto fin al trienio liberal español restaurando el absolutismo en la península. Lo que Washington y Londres querían impedir era la extensión del poderío de sus enemigos europeos al otro lado del Atlántico, objetivo que favorecía la existencia de las recién creadas repúblicas hispanoamericanas.

Naturalmente, la *Doctrina Monroe*, sujeta a reinterpretaciones con cada generación que llegaba a la Casa Blanca, fue convirtiéndose en algo diferente en la medida en que se acercaba el fin del siglo XIX y Estados Unidos cobraba mayor importancia económica y política en el mundo. En efecto, a la declaración explícita de «América para los americanos» se correspondía la proposición implícita de «Europa para los europeos», pero esa división del mundo ya dejaba de ser útil en la última década del siglo, cuando la navegación a carbón y vapor en grandes barcos de hierro cambiaba la percepción de las distancias y achicaba súbitamente el globo terráqueo en un primer ensayo de lo que en nuestro tiempo acabaríamos llamando la aldea global.

De aquella época es la obra del historiador Alfred Thayer Mahan sobre el papel de las flotas y el control de las rutas marítimas en el destino de las naciones, y a su libro se debe, en gran parte, el surgimiento de Estados Unidos como primera potencia militar del mundo, entre otras razones porque fue leído y suscrito por el futuro presidente Theodore Roosevelt, aficionado él mismo a la historia naval y fiel creyente en las responsabilidades de las grandes potencias con la ley y el orden internacionales. De ahí, de esta nueva evaluación de las relaciones internacionales, se derivan las intervenciones militares de Estados Unidos en Cuba, Haití, Nicaragua, Panamá y República Dominicana, casi siempre destinadas a poner fin al caos doméstico o a impedir que las potencias europeas enviaran sus cañoneras a cobrar por la fuerza las cuentas impagadas.

Vale la pena, quizás, volver a hacerse ahora la misma pregunta que nos hicimos con relación a la guerra con México: ¿fueron negativas o positivas estas intervenciones? Y la respuesta es parecida: para cierta gente el fin del caos, la reorganización de la administración pública, la pacificación, y la puesta en práctica de valiosos planes sanitarios y educativos resultaron medidas seráficas, mientras para otros, generalmente políticos en activo, esas intervenciones podían verse como un atropello incalificable a la soberanía nacional y la semilla de la que luego surgieron siniestros personajes de la catadura de Somoza o Trujillo. No obstante, hay suficiente evidencia para sostener que una parte importante de la población de los países intervenidos por Estados Unidos respaldó la presencia de las tropas americanas. Dato que no puede sorprender a quien haya visto la reacción de los granadinos en 1983, los panameños en 1989, o la de los haitianos en 1994 cuando los marines, precedidos por la arcangélica admonición de Carter, depusieron a Cedrás y a sus secuaces, reinstalando en el poder a Bertrand Aristide contra la voluntad, por cierto, de una América Latina paralizada por la «doctrina de la no intervención».

La intervención desde la cerca americana

Sin embargo, de la misma manera que es posible afirmar que las intervenciones norteamericanas en el Caribe tuvieron un alto nivel de apoyo popular, tanto en los sitios en los que se produjeron como en los propios Estados Unidos, es probable que al espasmo intervencionista de la sociedad norteamericana siguiera una curva decreciente que se inició, no obstante, con enorme entusiasmo popular.

Cuando se leen las crónicas de la época, en los meses previos a la guerra hispanoamericana de 1898, se adivina en Estados Unidos una gigantesca energía, *cuasi* religiosa, como de cruzada ética, contra un poder imperial «nefasto» —el español— que la prensa se encargaba de presentar con ribetes casi demoniacos.

Hago esta observación para corregir lo que me parece un error de Henry Kissinger en su libro, por demás, excelente, titulado *Diplomacy*. En la mencionada obra, el ex canciller americano le atribuye al demócrata Woodrow Wilson una especie de mesianismo moral que lo llevará a convertir a su país en el obligado modelo de comportamiento del resto del planeta, pero lo cierto es que ese sentimiento ya estaba presente en la sociedad americana que eligió al presidente McKinley y lo precipitó a la guerra contra España.

No fue Wilson quien primero hablara de la misión americana de salvar la libertad en el mundo, en beneficio de toda la humanidad, sino casi toda la clase política de fin de siglo. Ya en 1898, el Congreso americano aprobaba una resolución conjunta —Cámara y Senado— consagrando el derecho de los cubanos a disfrutar de los dones de la libertad y la independencia.

¿Por qué —por lo menos durante un tiempo— pasaron los norteamericanos de una lectura defensiva de la *Doctrina Monroe*, basada en el equilibrio de poderes y en conjeturas geopolíticas, a una militancia activa instalada en la defensa de cierta cosmovisión política?

Probablemente, porque a finales del siglo XIX, tras el auge de los últimos treinta años —salpicado a ratos por ciclos recesivos, todo hay que decirlo—, el país vivía un período de convulsión narcisista-nacionalista, persuadido de la superioridad moral, económica y tecnológica de su sistema. Por otra parte, la conquista del oeste americano y el exitoso asentamiento de millones de inmigrantes que llegaban al país en busca de un mejor destino iban configurando una especie de endiosado autorretrato en el que *la nación de los libres*, como llamaban los norteamericanos a su propio país, se presentaba como el mejor de los mundos posibles, el más justo, generoso y hospitalario, autopercepción que alcanza, es cierto, a Wilson, pero de la que también participan, antes que él, McKinley, Teddy Roosevelt y hasta William Taft, el presidente más voluminoso y acaso peor dotado de cuantos han pasado por la Casa Blanca a lo largo del siglo que termina.

Obviamente, ese idealismo de la sociedad norteamericana comienza a pudrirse tan pronto como entra en conflicto con el mezquino ejercicio del poder. El mismo pueblo que aplaudió la intervención en Cuba y en Filipinas, y que inauguró en Estados Unidos con Teddy Roosevelt y sus *Rough Riders* la tradición del recibimiento a los héroes triunfadores, muy poco después iba a ver con repugnancia las operaciones de contrainsurgencia en Filipinas, en las que seis mil norteamericanos morían no en defensa de la libertad y la independencia de los nativos, sino en nombre de la vocación imperialista de una clase política empeñada en crear un poder marítimo planetario tal y como recomendaba el mencionado oficial y académico Thayer Mahon.

De ahí que en los años treinta, bajo la presidencia de otro Roosevelt, Franklin Delano, se iniciara el descenso de la temperatura intervencionista en Washington. Y no porque Roosevelt fuera un aislacionista, sino porque la sociedad norteamericana comenzaba a cambiar la imagen que tenía de sí misma, quizás como consecuencia del sacrificio de la Primera Guerra Mundial o quizás como resultado del fin de la expansión hacia el oeste. En todo caso, lo cierto es que las primeras leyes antimigratorias datan de 1924/1925 y súbitamente Estados Unidos deja de ser la patria de los perseguidos, destinada a proteger la libertad y la justicia en el mundo, para convertirse en una nación, como todas, con amigos e intereses que se defienden con pragmatismo, aunque sin renunciar expresamente a los principios.

Es a Roosevelt, o a su canciller, a quien se le atribuye, dentro de ese contexto, la defensa de la alianza con Somoza bajo la cínica premisa de que el dictador nica era «un hijo de perra, pero era, al mismo tiempo, *nuestro* hijo de perra», filiación que bastaba para mantener con él una relación cordial.

Las intervenciones ideológicas

A partir de Roosevelt, es decir, a partir del cambio de rol que se produce en la sociedad norteamericana y modifica las relaciones entre Estados Unidos y América Latina, prácticamente desaparece el intervencionismo de Washington... hasta el momento en que surge la Guerra Fría y los norteamericanos desarrollan la estrategia de la *contención*, concebida

190

por George Kennan a finales de los cuarenta para detener a los soviéticos, un poco como otro George Kennan, al servicio de Teddy Roosevelt, a principios de siglo había ideado algo parecido para frenar el expansionismo ruso en el lejano Oriente. Fruto del primer Kennan fue la tácita alianza diplomática entre Estados Unidos y Japón durante la guerra ruso-japonesa de 1905 —y la incalificable traición a los coreanos a partir de la entrega de Corea a Tokio—, y fruto del segundo, la creación de la OTAN y la voluntad de resistir con pulso firme las ofensivas imperiales de Stalin y sus sucesores.

Es dentro de ese esquema defensivo en el que hay que situar, por ejemplo, la conspiración de la CIA contra el guatemalteco Jacobo Arbenz en 1954, los esfuerzos por derrocar a Castro, principalmente la expedición de Bahía de Cochinos de 1961, las invasiones a República Dominicana de 1965, las maquinaciones de la CIA contra Allende, las guerrillas nicaragüenses de los ochenta, la intervención en Granada en 1983 o la de Panamá en 1989.

La intervención en Haití en 1994, sin embargo, tuvo un cariz totalmente diferente. Es el producto de tres factores que nada tienen que ver con el contexto de la guerra fría, entre otras razones porque ya ni siquiera existe el campo socialista. ¿Qué motivó la invasión a Haití? Primero, la presión del *caucus* negro —casi todos demócratas— dentro del Congreso americano. Segundo, la presión de los indeseados *balseros* haitianos que llegaban en oleadas a Florida. Tercero, el bajísimo costo militar de la operación. Tomar Haití, como tomar Granada, era un simple desfile que no comportaba riesgo militar alguno.

Esa intervención, por supuesto, se hizo contraviniendo el espíritu y el texto de la Carta de la Organización de Estados Americanos —OEA— firmada en Bogotá en 1948, en cuyo Capítulo II, artículos 15, 16 y 17, se dice lo siguiente: «Ningún Estado o grupo de Estados tiene derecho a intervenir directa o indirectamente, y sea cual fuere el motivo, en los asuntos internos o externos de cualquier otro [...]. Ningún Estado podrá aplicar o estimular medidas coercitivas de carácter económico o político para forzar la voluntad de otro Estado y obtener de éste ventajas [...]. El territorio de un Estado es inviolable, no puede ser objeto de ocupación militar ni de otras medidas de fuerza [...] cualquiera que fuere el motivo [...].»

No obstante la claridad meridiana de este compromiso, en 1965 las dos terceras partes de los estados miembros de la OEA apoyaron la intervención en República Dominicana para poner fin a la guerra civil y —aunque no se decía explícitamente— para impedir que triunfara en Santo Domingo un grupo supuestamente colocado bajo la influencia de Castro.

El error de la «no intervención»

En todo caso, esa intervención, muy censurada en su momento, ha dado a los dominicanos el más largo período democrático de toda su historia: más de treinta años de gobiernos no siempre limpiamente electos, pero con un mayor grado de legitimidad que la que tuvo la larga era de Trujillo o de eficacia y Estado de Derecho que el que se viera en el primer tercio de siglo.

Más aún: me atrevería a decir que las intervenciones en América Latina han traído a los pueblos más ventajas que inconvenientes, para enseguida afirmar que el principio de no intervención recogido en la Carta de la OEA, y también conocido como «Principio Estrada», me parece un disparate mayúsculo.

Si aceptamos que vivimos en un mundo cada vez más interrelacionado, y si creemos que todavía es urgente tratar de perfilar cuál es nuestro interés nacional en el marco de la comunidad de naciones, sujetarnos las manos con el principio de «no intervención» es un error funesto.

Por otra parte, en un planeta en el que todo se globaliza —la economía, las mafias de narcotraficantes, las guerrillas—, es una ingenuidad mayúscula sostener la ficción de que la política exterior debe excluir acciones para desalojar del poder a quienes, desde otras fronteras, ponen en peligro nuestro modo de vida.

Hizo mal América Latina en no acompañar masivamente al ejército norteamericano para restaurar a Aristide en Haití. Más aún: esa operación debió hacerla América Latina, aun sin los marines, porque resultaba peligrosa para todos la existencia de un gobierno del que se sabía que estaba al servicio no sólo del crimen, sino también del narcotráfico.

¿Qué debe hacer América Latina si un país como Perú cae en manos de una banda de locos como *Sendero Luminoso*? ¿Qué debe hacer si uno de los famosos cárteles colombianos liquida las instituciones democráticas de Colombia e instaura un narcogobierno? ¿Mantenerse en silencio e invocar el principio de no intervención?

Naturalmente, nadie está autorizado por la ley o por el sentido común para derribar la puerta del vecino e inundarle de agua su vivienda... a menos que se haya declarado un incendio que también pueda afectar nuestra propiedad.

Mucho más sensata y coherente que la *Doctrina Estrada* fue la *Doctrina Betancourt*, proclamada por don Rómulo en la década de los sesenta, pero desdichadamente ignorada por todos, incluidos los propios venezolanos. En aquella *Doctrina Betancourt*, un tanto dentro de la tradición idealista, don Rómulo proclamaba el derecho de las democracias a defender activamente esta forma de gobierno y a tomar medidas de castigo colectivo contra los que violan la voluntad popular expresada en las urnas. Era una doctrina concebida para desalentar golpes militares.

¿No es eso, acaso, lo que hace la *Unión Europea* con los estados miembros? ¿Podrían permanecer en el parlamento europeo unos diputados —digamos— griegos, si fueran los representantes de un gobierno surgido de los coroneles? ¿Tendrían acceso a las ventajas del mercado y la defensa comunes, o se les expulsaría hasta tanto no regresara la democracia al país?

Ahora bien, más eficaz aún que concertar acciones multinacionales contra los gobiernos ilegítimos, como ya hemos señalado, debería ser la constitución de cuerpos militares internacionales, dependientes de los organismos colectivos. Es decir —por ejemplo—, un ejército de la OEA que responda a esa institución y no a gobiernos específicos. Un ejército profesional que pudiera actuar de oficio, rápidamente, cuando las circunstancias así lo exigieran.

¿Qué ventaja tendría esta especie de gran policía internacional? Tres son las que se me ocurren. La primera, que les ahorraría a los gobiernos locales el desgaste político que significa el envío de una fuerza nacional a participar en hechos violentos más allá de nuestras fronteras. La segunda, que la mera existencia de esta fuerza tendría un efecto disuasor sobre los posibles violadores de la ley, más o menos como la preventiva presencia de la policía en los barrios conflictivos suele desalentar actos delictivos. Si golpistas, terroristas y guerrilleros supieran que tendrían que enfrentarse a una fuerza supranacional inderrotable por definición, es probable que no recurrieran a la violencia con la rapidez con que hoy suelen hacerlo. Y la tercera que, como resultado de todo esto, las instituciones democráticas resultarían fortalecidas.

El discurso tradicional

Comprendo que defender estas ideas adversa el tradicional discurso latinoamericano dedicado a la consagración del principio de no intervención y no injerencia en los asuntos internos de otra nación, pero eso no es más que retórica hueca. Desde que tenemos noticia, los grupos humanos —llámense tribus, reinos, naciones o imperios— han penetrado en el territorio ajeno para defenderse o para imponer sus intereses, valores, derechos o caprichos. Eso podrá resultar repugnante, incómodo, inmoral, o incluso humanitario —como en los casos de Somalia, Yugoslavia o Haití— pero es un fenómeno que, lejos de extinguirse, se propagará en la medida en que las naciones o regiones que existen en el planeta estrechen sus vínculos con más vigor.

Por lo pronto, si el realismo apunta en esa dirección, mejor será encomendar el ejercicio de esa labor interventora a fuerzas internacionales que a estados independientes, y mejor será que lo hagamos cuanto antes, porque el viejo discurso ya no sirve de nada.

*Este libro se terminó de imprimir en el
mes de abril de 1997 en los talleres de
Mundo Color Gráfico S.A. de C.V.
Calle B No. 8 Fracc. Ind. Pue. 2000, Puebla, Pue.
Tels. (9122) 82-64-88, Fax 82-63-56*

*Se tiraron 10000 ejemplares
más sobrantes para reposición.*